尋死之前
聽見貓的叫聲

羊格

推薦序〈讓我們做個正常的精神病人〉

一個病殆的城市隱藏著許多精神病患者。

以前對精神病人的想象有些過分戲劇化的誤會，在影視作品的潛移默化下，總以為精神病人會大吵大鬧、大癲大廢才算是一個稱職的患者。

儘管日常的生活依舊，但突襲的憂鬱卻不是自己可以輕易壓制，大概就是每個抑鬱病人最無可奈何的事。縱然多番努力地嘗試把思緒推向正面，也總會像一隻飄在逆水的舟隻，被那些急湍的逆流沖往深不見底的黑洞。

尤其試過游離在死亡與生存的隙縫中，有時會特別想死，甚至真的試過做些事情尋死。一死了之在一般人眼中多數是一種極端又逃避的行為，向人吐苦水只會驚動別人的同情心，繼而被過於熱切的關心和慰問淹沒、沒完沒了。

羊格的文字儼若一條黑色的河，映出了許多個都市人的內心掙扎。他懂得這種人的心態，大概因為他也是困過在洞底、繼而努力爬出來的人。所以筆下寫的城市小人物樸實得如我和你的日常生活——依舊會上班上學、會吃飯，也有社交，是平淡又貼地的真實寫照。

我們在生活中裝作若無其事、強行擠起微笑的痛苦，或許是一般人無法理解的扭曲。

就像我不理解自己為甚麼看過《阮玲玉》便想馬上自殺一樣。

尤幸這座腐爛腥臭的城市裡有他的文字，將我們難以讓人理解的思緒磨碎重練；潑在紙上的墨水，便是掀起抑鬱患者一點共鳴的安慰劑。

認識羊格數載，由他的小小讀者變成一個為他撰序的作者，我極之榮幸；誰知道到了我廿五歲之年，我也居然成為了一個成功融入社會、表現正常至極的精神病人。

祝大家早日康復。

沈卓怡

推薦序〈羊格的衝擊治療〉

不認識小弟的讀者，容我介紹自己，我是做金庸的男人，以《是咁的，我嘅職業係幫人寫遺書》出道的作者。本來就認識小弟的讀者，驚喜嗎？又是突然出現在別人的書頁之中，上一次也是寫序。這裡先感謝羊格的邀請，找我寫推薦序，雖然總覺得自己算老幾，我這種人寫序真的沒問題嗎？街外人看了開首幾頁就被我嚇走了怎麼辦？但別人邀請了，我也不多想，硬著頭皮寫吧。

這本書的內容很適合處於走不出悲傷螺旋的每一位讀者，當然也包括小弟。我喜歡像《馬男波傑克》這種動畫，不過它是以鬧劇為包裝，看起來能中和一點內核的悲傷。至於本作則沒有中和，直接就讓你進入一種作者自傳式的陰鬱氛圍，而我相信當中不少內容和感悟都是直接出於作者內心。

說點背景，我和羊格是讀同一所大學的，但不是同一學系，只是大概兩三次剛好上相同的必修課時，大概知道對方存在的地步。因為讀同一所大學，看到和大學有關的輔導員描述也就勾起我很多回憶。看著本作，也回想起自己曾經很想死很想死的階段。在大學三年級到台灣交流時女朋友跟我分手了，而且閃電式找了新男朋友，說起來就是小事，我亦不是沒分過手的青頭仔，可是實在太愛太愛那個女生，愛到我這種一直覺得結婚很可怕的人希望今生今世只跟她在一起就足夠。然後我就陷入悲傷的漩渦中，一掉進去就是五年，大概是執筆寫此序前約一個月左右才真真正正想通了。雖然想死的念頭大概徘徊了兩年多就消散了，可是心結仍在，所以還是很痛苦。

只是我沒有去抽煙、喝酒、嫖妓、吸毒之類去填補心裡的空虛。我很怕辛苦，抽煙會咳；喝酒會嘔；嫖妓會窮；吸毒會傻，我才不要賠上唯一有點長處的腦袋。總之那時是甚麼都沒做，就天天想死，睡醒就哭，哭到累也睡不著。但說到自殺，我倒是只閃過想法，從來沒實行過，因為怕痛。所以當大學傳來的甚麼心理測驗電郵，並在之後致電我說我的分數很高，有抑鬱的徵狀讓我去見輔導員時，我也有同樣的「自己不配」的感覺。其他人可能是自殺未遂的，而我就只是個愛哭和偶爾想想去死一死的人罷了，感覺輔導員更應該把時間放到其他人身上。順帶一提，當年負責我的也是個漂亮姐姐。現在重看每字每句，都像是衝擊治療。大概五年前的我一定會看到哭，可是現在不哭了，不會再為那件事感到任何情緒波動，所以我也知道自己是真的痊癒了。

當然，痊癒中間的日子很難捱的。我沒羊格幸運，有D小姐E小姐相伴，而且之後接觸我的女人，心態就像是看到作家這種生物很有趣，過來逗逗我鬧著玩，感覺沒趣了就轉身離開。

朋友方面每次見面我也是說同樣的話，問同樣的問題，久而久之我也不好意思再說了。家人方面我比較幸運，至少不是鬧翻的關係，可是我裝得好讓他們以為我早就沒事，結果還是得自己一個面對。從頭到尾都是只得自己一個，孤獨地面對。在這種獨自一人難撐下去的日子，幸好我還有寫作，沒有這段痛苦也沒有《遺書》之後的所有作品。不過不是所有人都能以寫作抒發自己，這種時候就須要看別人的作品找尋共鳴，至少覺得這個世界上有人經歷著跟自己差不多的痛苦啊，這樣一想就會沒那麼孤獨了。現在回想起來，當日我有留意到在教室坐在前排的羊格，而我則是坐在後面靠窗的位置。十一樓的教室，某日收到台灣的大學傳來電郵指我沒有參加甚麼必修講座，整個學期的交流可能會直接被評為不合格時，真想直接往一旁跳出去。想不到那時在同一個空間之中，有另一個想死的程度不亞於自己的人，感覺很奇妙。後來我跟台灣校方溝通過後，他們就接納了我在交流的短時間中沒法參與所有必修講座屬正常情況，我也保住了交流的合格。啊，怎麼說呢，幸好沒有跳出去啦。

人生嘛，就是到了之後遇到好事，才會有：「啊，幸好那時沒有死」的感覺。所以呢，試著，再活下去一點點吧？說不定多了一天，不，也許多了一秒，也足以讓你遇上自己的平安（看完書就懂了），然後說不定哪個瞬間，突然的，就會想到：「以前的事，不如算吧？」

願大家早日步出悲傷的漩渦。接下來，請享受羊格那字字擊中心扉的衝擊治療吧。

做金庸的男人

序

過去有兩年時間，我的專注力都不太好，所以過去讀書的習慣就停下來了，直至後來身體狀況好轉，我才終於可以讀完一本昆德拉的小說。到底生命該是重的，還是輕的呢？我覺得這本書很好看，然後呆著看那下午滿天的烏雲，就忽然想寫一個故事，希望可以關於一段喪敗頹唐的人生中，一段動人的時光。

這本書所談及的一切，都只是我在過去所遇見的一些人和事物的符號，以及我隨之而來的一些情感，或是想象的碎片。我不希望讀者過於深究這個故事與現實世界有何聯繫，也不希望大家過於深究我本人。我只是想透過小說，為我過去生活的空白填補一些內容而已。

在這些空無一物的日子裡，我的生命像輕飄飄的，四周沒有一個人在，我推開所有的責任、承諾，或是部分的道德。就算當時有很多愛我的人，但我始終一一無視他們，有一段很長的時間，我都認為天下間的關係最終會灰飛煙滅，甚麼都不剩，所以我才變成之後那樣，一個人都不想見。

至少從現實來說：愛侶最終無一不以分離收場，例如有分手的有死去的；家庭無一不支離破碎，正如有意外的、有刻意的、有邪惡而無知的。諸如正義、法治、權力以及道德的虛無，這時代都已經讓我們見證，不由得我多言。我這一生人，或多或少在透過維持生命的「輕」，來避免之後可能出現的失望。

但問題是我失敗了，生命的「輕」沒有帶來恆久的歡愉，生活的癲狂反而令我泥足深陷。酒不離手、背離人群，這一切都沒有令我好過。縱然事過境遷，我也還得花費大量心神時間，來把身體裡面的甚麼機件一一維修復原。可能你們不相信，在我對婚姻、家庭、承諾，以至乎一切都報以輕蔑的笑之後，我生而為人的骨骼便隨之垮掉，要再回頭也很困難。

我無法寫出一堆振奮人心的話語，甚至我也不期望有人在看完這本書後，可以得到任何形式的康復。而且在我看來，我也不可以寫些甚麼來告訴你們活在世間的美好了，畢竟這種東西，我也不敢說我見過。我只是想告訴這個世上正在為「輕」而戰的人們，這個由死而生的故事。

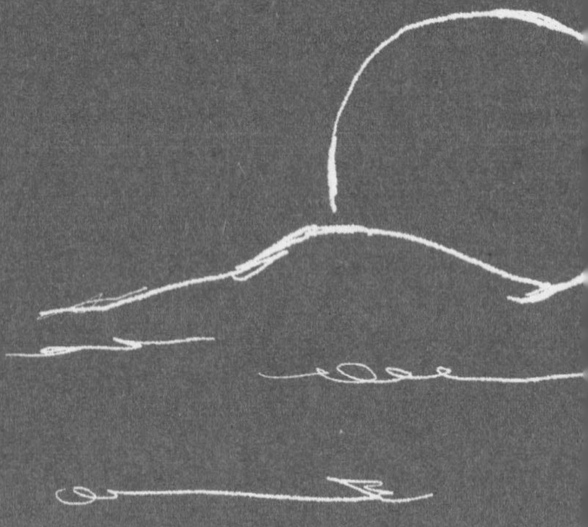

第一章

我這一生人，只看過一次夕陽。

大學四年級那年，我一個人到了台南旅行，怎料在安平老街吃完午飯，並看見那滿街宰割遊客的商品及食物之後，我就決定離開一切，去看夕陽。

當年的我很窮，沒有錢搭計程車，加上人在異鄉，連巴士也不懂得找，於是我沿安平老街向北行，到達鹽水溪旁邊的小徑後，便一直向著夕陽會落下的西邊，好像追著落日一樣，一直地走。

我不知道自己會走到哪裡，總之走得很快，我害怕自己跑得慢了，那道夕陽就會消失。最終我趕在夕陽落下之前，來到一道大橋底下的亂石堆上，這是我第一次看見夕陽、一個沒有盡頭的海，以及海面上一閃一閃的波光。

我呆著眼看那落日化成淡黃的線，看它漸變成深藍色的，墮入了夜晚。我拍下一幅海的照片，傳送給當時身在香港的D小姐，我告訴她，「如果有你在的話便好了，一個漂亮的夕陽，身邊卻沒有人，有點可惜。」

那夜的海風吹得很慢，我一個人坐在海邊，等到天空最後一點光都黯淡了後，我搭上最後一班經過大橋的巴士，坐在近窗的位置上，看著自己慢慢地返回老街。這時我就想——

如果沒有夕陽，我真的會記起D小姐嗎？

「遛貓？白癡，貓也要遛？」

我和D小姐在大學四年級時相識，早在我們拍拖以前，我們已不時跟其他朋友一起做功課、一起吃飯，後來因為我的一句「遛貓？白癡，貓也要遛？」而觸怒了她，害我須要向她賠罪道歉，因而開始了之後的事。

那陣時的我不知道，原來貓也須要散步。

在上午十一時正的課堂結束了後，我和D小姐都要一起等待四個小時，接著再上我們主修的另一節課。我向她提議：「不如去遛貓，好像很有趣。」於是我們便一起來到她的樓下，等她把貓捧下來。

這時我們還未正式拍拖，只是一起吃飯、一起下課的日子久了，所以慢慢地相熟起來。我很喜歡和她生活。

「遛貓的話，要視乎貓的性格，有些貓喜歡到處逛，有些貓喜歡在家裡。」散步的路上，我們談起了貓。

D小姐養了一隻啡色的貓，背部繫著一條貓帶，貓便一步一步的，像馬一樣優雅地踱步。那是路面落葉漸多的初秋，我們沿著公園，走落山坡，看著禿樹間的天空，貓懶洋洋地「喵——」地叫著。

「我從來沒有遛過貓。」我說。

「我以前也不知道。」她對我微笑著說：「嘗試過了，才知道牠很喜歡。」

公園裡人不太多，可是坐在路邊的老伯，全部都看著這樣一隻一步一步踢出去的、打著呵欠的、背繫著貓繩的貓。

「為甚麼你會養貓？」我問D小姐。

D小姐溫柔地說：「因為牠不會說話啊。」

「這樣也有趣嗎？」

「牠會一直聽我說話。」

D小姐穿著一件長袖的薄衣、一條長牛仔褲、白色的波鞋。我們穿過一個球場，曬在和暖的陽光底下。

我不明白她的意思：「誰都可以聽你說話。」

「你不覺得嗎？好像每一個人，都在找另一個人來聽自己說話，結果沒有一個人在聽。」

我很喜歡和她聊天，可能這就是我喜歡和她生活的原因。

她反問我：「那麼你呢？」

「我甚麼？」

「你喜歡貓，還是喜歡狗？」

「我不喜歡動物。」我如實回答，不想再欺騙誰。

她牽著的貓也回頭看了過來，瞪著我對我張牙舞爪。D小姐側著頭，一臉詫異：

「這麼可愛你也不喜歡嗎？」

坦白說，我覺得D小姐的貓有點兇惡，不太可愛。

D小姐把貓繩遞給了我：「你也帶牠到處逛逛啊。」

我伸出手，接過貓繩，然後跟著貓走。我向D小姐談起自己的往事，我說我的人生好像貓毛，每天一大團一大團的到處散落，但是沒有用。

「我的愛情，全部突然出現，突然消失。」我告訴D小姐：「和我拍拖的女生，全部都很可憐。」

「喔，原來你是一個大壞蛋。」她看著我，竟然認真地點起頭來。

「我不能不喝酒，不能不吸煙，」我笑著說：「我可能很快會死。」

「其實我不喜歡男人吸煙。」

「嗯，我記得。」

「那你還吸？」

貓昂首仰步的，一步一步把小巧的腳向前踢出，我覺得D小姐的貓很笨拙。我們起初就這樣模稜兩可地開始了，在公園那條滿佈落葉的小徑上，我一隻手牽著貓，一隻手牽著她。

「我們的結局，一定是你會覺得痛苦，而我會對你愧疚。」我微笑著對D小姐說。

「我也能猜到。」D小姐扮了一聲喵叫，逗著她的貓。我看著D小姐玩貓的側臉，開始喜歡她的眼睛、她的臉龐、她的笑。D小姐對著貓說：「但就這樣吧，當下快樂就好。」然後我便親吻了她，一起走了半個小時的不斷重複的路。

只是此後的我從未戒煙，從未戒酒，我沒有一件事情曾經為她改變。反而是她一路向我妥協，選擇了喜歡一個又要喝酒，又要吸煙，而且經常想死的男人。

為甚麼我會想死，我也不知道。

對於當時的我而言，所謂生命就是一隻吊著幾根絲線的蜘蛛而已，愛情是一條線、家庭是一條線、酒精是一條線，剪著一根、剪著又一根，最後就剩低酒精。

每次我走到海邊，總會提著幾瓶燒酒，然後喝到在海邊嘔吐，吐到嘴巴全是嘔吐物的味道了，才模模糊糊再去買酒，想喝些新酒蓋過舊酒的味道。我幾乎每晚都這樣喝到夜半，久而久之，身體狀況也跟著變差，我的心悸手震也是從這時開始。後來一次我沿著海邊喝酒，喝著喝著我便倒下了，一張開眼我已被送到醫院。

這可能有家庭方面的原因。早在我與D小姐拍拖之前，我已到了必須離家出走的時刻，那對所謂的父母早已教我無法忍受，必須早日分別。這完全是錢的問題，礙於預算有限，加上後來我確定須要到某間大學修讀教育文憑，所以直到我再畢業之前，我都沒錢再搬出去住。

及至工作以及學業，都同時為我帶來巨大壓力。我在讀書期間仍須兼顧兼職，在下課之後必須馬上趕去上班，甚至乎學位本身，也已遠超我的能力範圍。我會被取錄，純粹因為我在面試時候發揮胡混過關的技能，讓人以為我真的做到甚麼。隨之我這一年，就是不斷被生活摧殘，必須在工作及讀書之間，極力避免餓死街頭，或是被踢出校。

還有人與人之間的關係，更是讓我驚恐失措，不能自制。我之所以尋死，也可能是我無法與人維繫關係的病態使然。我在過去縱然有過一些朋友、一些愛人，但他們最終都被我以各種形式逐一送走（或是趕走），直到我幾乎醉死街頭，我的身邊就只剩低D小姐了。

我既無法對人交出應有的關懷，又沒辦法向人表達合乎標準的愛意，所以身邊無人，也是理所當然，是我活該。我只能刻意與人疏遠，以不拖累別人為最大原則。又或許是以上一切總和，共同把我推向死的一面。

總之，我在醫院醒來之後，第一眼便看見了D小姐，但我別過面，沒有看她。

我一直看著自己左手手背上的針頭，沿著它的輸液管，再看見自己牀邊的鐵架。

我嘗試屈動手背，針頭便刺進更深處了，最終弄痛了自己，然後我便忍不住笑。病房周圍瀰漫著一股消毒藥水的氣味，我細看四周陌生的被鋪、一位在外面走過的護士，我勉強在喉嚨壓出一把微弱的聲線，問D小姐：「為甚麼你要來？」

「醫生告訴我，你喝酒喝到要洗胃。」D小姐說。

「嗯。」

她哽咽著：「你真的有這麼喜歡喝酒嗎？」

「嗯。」

醫院很靜，醫護人員在走廊的踱步聲傳到很遠。D小姐在我旁邊的椅子上坐下，我們沉默了很久。

「和我一起的日子，你真的沒有開心過嗎？」D小姐向我追問。

有一件事，我從來沒有告訴過她——其實我很喜歡和她生活，就算簡單如一起看戲、一起吃飯，甚或只是在某個下雨的夜裡，我和她一起撐著一把雨傘，而我在陰影底下窺見她的甜笑，接著我也甜笑地說了某個笑話的這些場景，這一切都讓我能感受到前所未有的安寧、寂靜。只是愈覺幸福，我就愈覺對她不公。

我告訴她：「你和別人一起的話，一定會更幸福。」

「你不要跟我說這些廢話。」她罵我。

我們相戀，是一場錯誤。我打從一開始就知道自己很難愛人，而她也是打從一開始，就知道我不會愛人。但是愛情就這樣，糊裡糊塗地開始，血肉模糊地維持。

「我們分手吧？」我在床上背向了D小姐。

D小姐聽見了後，沒有反應。我在病房的窗戶上看著她的倒影，她在我背後站著看我，不知過了多久，才把被鋪蓋到我的肩上，叫我好好休息。她每個細微的動作，都讓我覺得她在同情我。

「明天早上我再來接你出院。」D小姐聽見我向她提出分手後，她只是說了這一句話。

我不想她同情我：「不，我可以找其他人……」

可是D小姐很清楚，我的身邊已經沒人了。她用手撫我的背，然後才慢慢鬆開了手，她離開了，又回頭。

「你啊。」她叫喚我：「有甚麼事我們明天再說，你好好睡一覺。」

D小姐一直都對我很好。我會一個人去喝酒，這完全是我個人問題，與D小姐無關。只是我一旦無法解答「為甚麼我會在這裡呢？」的問題，就很難不去喝酒。

「嗯。」我說。

隔天正午，D小姐便回來接我，我的狀況好了很多。醫生叫我不要再喝那麼多酒，也叮囑D小姐要好好看著我，提醒我不要再喝那麼多酒。從醫院離開時，那道陽光曬在我們頭頂，D小姐沒有半句怨言，只是陪我放慢步速。她的眼睛，看來有一整夜沒睡過覺。

D小姐一路上向我介紹輔導中心的事。她說我應該好好找一個人聊一聊天。我被她勸服到大學的輔導處，她馬上為我預約了時間，並約好我當日在大學旁邊的一間小餐廳裡吃飯，打算之後和我一起前往（可能她擔心我會反口不去）。

「那裡沒有甚麼特別，就當是普通聊天吧，我也不時會去。」D小姐向我解釋。

我告訴D小姐：「我只是不想浪費你的時間。」

「如果你想的話，我們就當是分了手吧。」接著她堅定地微笑著：「但你不要逃了不去見輔導姐姐喔——」

最後要她強裝這樣的微笑，實在委屈了她。

第二章

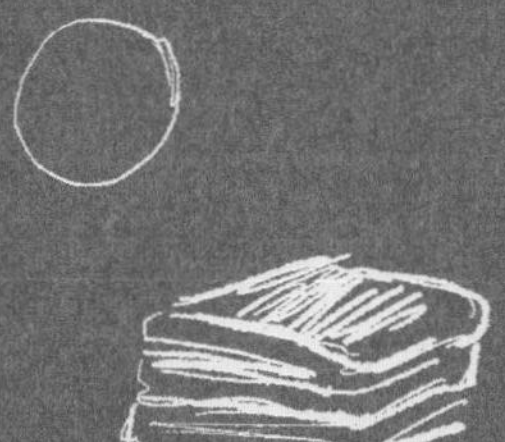

我想告訴你們，一個關於我另一位前度的故事。

當年剛好是大學的最後一年，我還在不想負任何責任的年紀。但是N小姐，她卻已經想到未來的路向，這令我非常詫異。

N小姐在大學時候就讀歐洲研究，有時我們走在街上，她會突然教我德文，Hübscher、Liebe……她說會找一家德國公司工作，她說她的學系，以前有很多人都這樣做。她是一個思想成熟的女人，在我還不想對未來負上任何責任之際，她已規劃好了自己的未來，這教我非常詫異。

她的微笑很美，是個非常可愛的女孩。我特別記得她微笑時候的酒窩。

「你呢？未來有甚麼打算嗎？」N小姐問。

其實我當時沒有答案，只是因為我讀文科，如果不回答「老師」，好像就沒有其他得體的答案。

「我想我會做老師吧？」我回答道。

我們是因為小說而遇上的。起初只是她問我平常有甚麼興趣，在我判斷她是一個不會因為聽見別人會寫小說而詫異的女孩後，我就決定告訴她我寫小說的事。我那時寫的小說完全不好看，所以從頭到尾無人認識，但她在看過我的小說後，竟然莫名其妙地愛上了我。她是我一生人遇見過的，最動人的女孩。

「做老師很好啊。」她瞇起眼睛，好像很滿意我的答案。

在談起我們的未來之後，我感受到的是一個女人今後人生一切的重量——包括她的日子、她的心跳、她的女兒、她的衰老……事情發展到這地步，無論我如何愛她，我們的關係都是時候結束，當時我這樣認為。

「嗯，做老師應該還不錯吧。」我說。

N小姐還有更多更好的選擇。她很有學識、談吐很得體，而且Schönes（美麗），說起話時她臉上會閃出自信的光芒。也正因如此，我才覺得她會有個更好的歸宿，總之不要和我度過今生便可以了。

我只是希望，N小姐可以在空閒時候寄我一張明信片，談談她新男朋友的溫柔，或是未來丈夫的踏實，如果N小姐有一個女兒，那女兒一定會長得很標緻的，因此可以的話，她的彌月我也想去。

我希望她會幸福，所以不想她和我一起。

在D小姐的勸說之下，我的生活除了工作、讀書、喝酒，終於開始在某天下午去見一見心理輔導。D小姐怕我會臨時爽約，更約我在當日到大學旁邊的一間餐廳吃飯，說要帶我前往。只是走入輔導處前的一小段路，我堅持想自己一個人走。

那是一個躲在大學某大樓、某一層、某角落裡的一個小小的辦公室。每到下課時候都已近黃昏，耀眼的斜陽會從窗簾的邊緣灑落，因而那些陽光日復一日使我更加記得那個地方，甚至比我真正讀過的書都更加深刻。

輔導處裡面如死一般靜。木色的地板、米白的牆身，牆角有一個矮小的書櫃，左右放著五顏六色的沙發。登記櫃枱前面正站著一個女人，她看著我，問我之前有沒有來過，我搖搖頭。她叫我等等，然後拿來一張空白的表格。她說我可以慢慢填，不用急。

表格上面要寫我的名字。我看看四周，確定沒有人後，我再把餘下的資料填寫下去。那張表格上除了名字還有甚麼，我已不記得。畢竟那已是兩年前的一件小事（至少相比起以後，這份表格已算小事）。待我填好之後，她把表格收好，然後給了我一張卡片。

卡片上面印著大學的名字、輔導處的名字、幾個電話號碼，以及一串手寫的數字。櫃枱的小姐向我解釋，我下次再來的時候，不必再告訴她我的名字。我點點頭，便回到沙發坐下。等了五至十分鐘左右，便有位年約三十一二的瘦削女子走近。我對她的第一印象，就是一個非常喜歡微笑，以及非常溫柔的女人。

我們穿過一個類似辦公室的地方，他們的屏風很高，除非我四處張望，否則我不太可能看見他們誰在工作、誰在打混。職員不會注意到有誰走過，以及有誰走進最盡頭的「辦公室」裡。

那「辦公室」並不算大，一張電腦桌貼著牆壁橫放，她的座位側面有一扇透來外邊陽光的窗戶，可以看見外邊車來車往的馬路。在她的電腦桌邊有另一張凳，也是貼著牆邊，放在她的斜前方處。她對我微笑，請我坐下。

她背後有一個櫃，上面放滿了書，我記得那裡有一個水晶球、一個摩天輪的擺設，以及一個胡桃夾子的小木偶。我與她的會面，我大部分時間其實在與她背後的書櫃對話。她向我自我介紹，她說了她的名字，但在我日常心裡，其實都叫她做「漂亮姐姐」。

關於我的過去，在我到來之前已曾預演應該從何說起，例如我應該談及我的家人、我過去遇過的人們、我曾經歷的一些離別、一些別人對我的羞辱、人情冷暖的來去，以及命運無常的虛無。我覺得活著是痛苦的，但我連自殺都沒力氣，所以當時只希望被殺，例如被車撞死，或一睡不起。

漂亮姐姐問我，為甚麼我會想到這裡來呢？

在那一剎那間，我們只剩低悠長的沉默。她的目光看著我的時候，既不急切，亦不散漫，她專注在我的臉上。當時靜得可以聽見冷氣風聲的轉換，以及外邊遠處的馬路駛過一架巨大的貨車。

我說：「我覺得我好像喝太多酒，好像不太健康，哈哈。」我很想和盤托出，但不知從何說起。因為我抑鬱的時候，實在太喜歡笑。

中午過後，房間的光線柔和，我望向漂亮姐姐的眼睛，我從她背後的窗，看見窗外的藍天，以及它的雲。或許房間經過特別設計，這裡和外部世界彷彿完全隔絕。

漂亮姐姐告訴我，「或許可以說說，你從甚麼時候開始喝酒？」

我循時間線向前追溯，回想起來的事一件比一件可怕。我不能分清起點應該畫在何處，到底我應該由無家可歸講起，還是從我離別過的人和事物的回憶開始。

我回答她，「我已經不記得甚麼開始喝酒。」她看著我，當時的寧靜，很容易使人不得不說話。「應該好幾年了，可能大三、可能大四……諸如此類。」

我的問題真的夠嚴重嗎？一個想自殺的人，想了幾年也沒死去，那真是夠嚴重嗎？我反覆自問。我也不過是想過自殺罷了，每日不是有很多人都想尋死嗎？我希望有人救我，因此舉高手，但到有人伸手過來，我反而質問自己是否夠資格去觸碰它。

「不，又或許是更早。」我告訴漂亮姐姐。

此前我一直知道自己酗酒，也一直知道自己抑鬱。只是在我做過幾個關於酗酒的網上測試，並確定我自己有酗酒徵狀之後，我還是會繼續酗酒。也正如我做過許多個抑鬱症的網上測試，結果反覆說我抑鬱，反覆叫我尋求協助，並且反覆彈出求助的熱線之後，我還是繼續抑鬱。

她問我，「你喝了多少？」

我不肯定我能否說服她，讓她覺得我真的嚴重到「足以」到這地方來。我怕她認為我沒有事，然後結束這場對話。我知道來到這裡的人，大半應該是「已經」自尋短見了的，或許他們情況至少應該比我嚴重，所以他們才到這裡來。我只是他們的千萬分之一，而我的處境，可沒有比他們嚴重。

「我有時會買 Vodka，有時會買 Rum，因為沒有錢，所以只能在百佳那放了平價烈酒的貨架上，買最最便宜的酒。」我微笑，開始向她分享我的日常。「例如買了麥當勞後，我會叫一杯可樂，然後回去倒入半杯烈酒。」

我笑的時候，漂亮姐姐沒有笑。因此我故意提高我說「麥當勞」時候的音調，希望可以博她一笑。但當我用以往其他人都會大笑的語氣說話時，她眼裡竟然閃過同情的目光。我搞笑的技能，在她面前徹底失敗。

我開始擔心漂亮姐姐的上一個病人，究竟是個怎麼樣的病人。假如她上一個病人是「一級燒傷」的話，我小小的「普通感冒」，豈不是浪費她的時間？或許她心裡恨不得我馬上離開，讓位給「真正有需要的人」。

你不要再「扭計」好嗎？D小姐曾經這樣說我。記得一次吵架，她覺得我在鬧小朋友脾氣，我會突然失落、突然傷感，為甚麼不可以笑呢？為甚麼不可以樂觀點呢？既然沒有特別的事，為甚麼要覺得傷感？我和她一起的日子裡，我們走在街上，我可以看著路燈發呆；在超市逛著，我會質疑人類存留的意義，也由於我經常心不在焉，她覺得我不夠愛她。

漂亮姐姐問我，「這真是你想要的生活嗎？」

走進這裡之前，我認為我是不嚴重的，所以不曾覺得我的問題須要認真處理；直至走進這裡之後，我反而覺得自己不夠嚴重，所以出盡辦法，希望她可以信我：我真的想死，我真的已經很痛苦了。

關於我的過去，同樣的事情，我對身邊的人說過無數次了。或許有些人開始覺得我煩，覺得我像個女人，整天活在傷心裡。因此對於過去，我漸不知道該從何說起。我想盡可能搞笑，因為面對他們，我不知道該說甚麼。

雖然後來知道，朋友們沒有惡意，不過他們覺得我遇到的事，「只不過是一件小事」。他們看我的目光，是從高至低的俯瞰。「這樣的事情也值得不高興嗎？」然後他們會開始訴說自己過往的堅強，「我以前不也是遇過這種事嘛……」他們會給我建議，覺得我應該這樣做，應該那樣做。他們覺得自己過去的遭遇比我嚴重得多，所以我的傷感是不合理的，也無必要為這些事情而真的傷感。「為甚麼你要裝抑鬱呢？」

漂亮姐姐問我：「這樣的生活，你過了多久？」

「或許是五年，或許是六年，我不肯定。」我用盡力氣地笑，「哈哈，真的不記得了。」

我本來應該從令我最想自殺的事情說起，但話到嘴邊，又覺得自己在裝可憐。別人的家庭支離破碎的時候，我有一張牀，我不是該慶幸嗎？我的確拍過幾次拖，都是我傷害人多，那些女孩子們，不是比我更應該到這裡來嗎？甚至乎朋友，我的確有朋友，至少我要喝酒的時候，偶爾也有幾人相伴。我根本沒有抑鬱的資格。

「原來，你已經捱了這麼多年。」她對我說。

像以前一樣，我不曾嚎啕大哭。我的哭，是我睜著眼睛微笑地看著她時，眼淚會自然從微笑擠成的眼角邊緣落下的那一種哭。我現在終於夠痛苦了。

我與漂亮姐姐的第一次會談，沒有催眠的法寶，也沒有所謂診治的過程。我們最多只能說是寒暄幾句，以及交代一些我過去遇過的事。她看著我，但我不敢看她的眼睛。

我的確對她有過隱瞞，例如我不想在與她第一次見面時，便對她說我欺騙了另外一個女人；以及只向她說明，叫我來的是我的一位朋友，而非我的前度。

「你一星期喝多少次酒，每次喝多少呢？」漂亮姐姐問我，然後她拿出一張紙，「你剛說了一堆酒，但我開始分不清楚你說了甚麼。」她笑了笑，「只有一堆英文名呢。」

很少人跟我談起酒的時候是清醒的。除了喝酒時候我趁別人醉掉才可能談起私事之外，我很少可以對清醒的人談起自己。

「每到深夜，我都會喝。只是喝多與少的分別。」我說。「每晚都是從燒酒開始，然後再喝甚麼，也是隨心，一直到了深夜，我才會醉著回到宿舍，或者回到家裡。隨便吧，總之是一張牀。」人一旦喝醉，有牀便可以睡，「這樣我才能睡得著覺。」當然我酒量不好，總是嘔吐，到了隔天，又像失去了生存的意志，但「試問還有哪些事情，可以比一睡不起更重要呢？」

「我不知道你的心肝脾肺腎現在是甚麼顏色了。」

我不懂得應該怎樣回答她。

「照你說的量來看，你的身體真的沒有事嗎？」漂亮姐姐一邊看著我，一邊拿著筆，在紙上寫了幾個英文單詞、幾個數字，我看不明白。當時我沒告訴她我去過醫院，但為甚麼不說，我卻不知道。「我覺得你應該去看一看醫生，做個身體檢查。」她對我說，「我說真的。」

「嗯。」當然我也是隨便答應，我從沒想過真的去看醫生。

「我剛才聽到，」漂亮姐姐經常用「我」字開始說話，這是我後來發現的規律。
「你好像睡得不太好？」

「嗯。的確不太好。」

醉酒的隔天早上，我都很早起牀。可能與許多人對醉酒的印象不同，若然我醉到半夜三、四點鐘，可能隔朝六、七點鐘我便會渴醒。我睜大雙眼，想哭但沒有哭，然後在那陰沉的清晨，像沒喝過酒一樣捱到八、九點鐘，再從精神崩潰的邊緣像昏迷一般睡去。有時隔天起牀會手震，但只要再喝些酒，就沒要事了。因此我認為我沒有事。

「你從甚麼時候開始睡不好呢？」她問。

在談起喝酒之後，我愈談愈多。從本來像是一件大事的退學，談到我在宿舍一些不愉快的回憶，然後到愛情、家人、工作……所述之事，瑣碎雜陳，或許我當時就知道——打倒我的確實並非某一件事，而是每一件事。

「你等等喔。我開始跟不上你的說話。」

漂亮姐姐短暫地打斷了我，然後在原本記錄著我喝了多少酒的那張紙上，用力劃出了一條線，在最右端寫上了一個「Now」字。她像野外定向一樣，在時間線上，把現在認作了座標。我從叫做「Now」的起點開始，回想起許多我有過記憶的事。不知是甚麼使然，對於我過往後悔的事，我好想一一清楚交代。

她問我，「所以，你的前度是……」

「我說的前度，是幾個不同的前度。」我解釋。

「喔……」她點點頭。「所以 Year 4 的那個女孩，不是 Year 3 的那個嗎？」

我搖頭，「不是，她們是不同的人。」

她的目光，定在那時間線上，停了手。

「還有另外一個，是在 Year 1 與 Year 2 之間，當時她有男朋友了，但我把她搶了過來。」

她不置可否地點頭。「原來是這樣。」她拿出擦膠，把地圖改正。「前度」最終分成了兩個不同的圓，也可能是三個。它們化成幾點，分別落到時間線上，我對愛情的整體印象，被解剖成許多個獨立的個體。

要是以前，我一定會被我的朋友罵死。他們一定會覺得我自討苦吃，不值可憐。當時我懷疑，漂亮姐姐心裡也可能會有同樣想法，所幸是她沒有表露出來。

「你與他們『每一個』在一起時，都是一樣的感覺嗎？」她說的時候，特別強調「每一個」，她繼續說：「我留意到你經常會說『所有』、『全部』、『唯一』……好像你過去『每一段』關係都一樣。」

「你對這些關係的感覺，真是全部都一樣嗎？」她問。「真是全部都一樣，全部都一樣不可信任，全部都一樣下場淒慘，甚至你與過去每一個人的交往，真的『全部』都不曾令你真正地笑過嗎？」

我向她補充，「或許是大部分吧？」

她為我重複，「嗯，只是大部分呢。」

我在那時間的地圖上面，看著她嘗試為我標出我曾提及過的時間、地點，以及人物。他們一件一件獨立分開，我的傷感是傷感甚麼，我真正覺得痛苦的關係又是怎麼樣的關係……這些細節雖未成形，但它們開始有變得清晰的可能。

我過去所遇的人，幾乎都在為霸佔他人的耳朵而用盡力氣，真正能不帶批判地聆聽的人少之又少。或許是漂亮姐姐的工作使然，她成為了例外，我終於不必和她鬥大聲，也不必再為我自己辯護。

我選擇向漂亮姐姐坦白：「我好像說過太多謊話。」

我想對全世界說我很想死，但每當別人問我為何喜歡深夜到海邊一個人喝酒的時候，我又會告訴他們——我很喜歡看海。無法談起自己，也許亦算是病。

我會向朋友談起夜裡月光照到黑色的海上，月亮在海面劃出了一道光痕的時候，那些在海面停泊的躉船，以及它亮著燈的三角形的鐵架，它們在海邊是何其寂寞。我告訴他們，我就這樣看著一堆鐵，看到深夜。

「是甚麼讓你覺得你在說謊呢？」漂亮姐姐問我。

「我連『喜歡看海』都是謊話。」

一個故事向別人提起多了，覺得我在說真話的人也愈來愈多。曾經有一兩個人覺得我很特別，於是他們會接著談起其他古靈精怪的興趣來。不知是幸或不幸，雖然我不太擅長說謊，但關於我本人日常生活的謊言，大多數人都傾向相信。

「我也想向人坦白，但我沒有辦法。」我說，「無法對誰坦白，結果全是謊言。」

她沉思一會，「一定要向『所有人』一樣坦白，又或向『所有人』一樣完全隱瞞嗎？」

被我隱瞞了最多次的，其實是我自己。我會走來海邊，只是因為我家樓下剛好有個比較少人的海邊而已，所以我每夜都會過來一趟。這裡沒有難聽的說話，沒有多餘的噪音，空間寬闊多了，我可以有自己的寧靜。假若我家樓下是一堆老舊的唐樓，或是到處種滿了樹的公園，我也可能會不再喜歡大海，而轉為喜歡其他一切。

我沒有喜歡甚麼，我之所以來到這樣的地方，只因任何一個地方都比所謂「回家」舒服。這裡偶爾會路過幾隻流浪貓，牠們會與我對峙，但我不必提防人類，所以也沒有關係。這裡讓我連深呼吸時，都可以吸得更深沉些。

「我已經無人可以坦白。」前度已經變成前度。朋友的話，我不想再從他們身上得到任何意見。

「又或許你的家人……」

「不。」我打斷她。

當時我的願望，是我打開那一道門，裡面可以漆黑一片，一個人都沒有。所以我會一個人出去喝酒，喝到深夜，好讓我等到所有人都睡著了後，我就可以過回自己一個人的生活。雖然事後看來，我並不是真的想一個人過，但是當時的我，也沒有辦法不一個人了。

「很對不起。」

「為甚麼你要突然道歉呢？」漂亮姐姐問。

「我不知道。」

又要喜歡大海，又想擁抱寧靜，總之不想回家，而且還要喜歡孤獨，如此浪漫的理由，背後也不過是一個謊言蓋過謊言。其實我只想喝到斷片，像電影快播一樣，這樣的話，人生才可以更縮短些。

「我想喝到斷片，像電影快播一樣。」我告訴漂亮姐姐：「這樣的話，人生才可以更縮短些。」

「你有過傷害自己的想法嗎？」她問。

「想來應該不少次了。」我微笑說，「當然如你所見，最後都沒有成功。」

空氣沉默著，她沒有陪笑沒有強加她的價值於我，也沒有在我說話的過程中，硬加上她人生堅強的經歷，甚至乎她認真的眼神，都能讓我感覺到自己的玩笑終於被人正視。她專注地聽著，等我對她談起最近一次的自殺經歷。

我笑得瞇起了眼睛：「那次自殺真是非常『失敗』，你一定不可以笑喔！」

想死的話，已經不是第一次了，但和真正的自殺，這段距離其實說遠不遠，說近不近。

日常的我，不時會走到天台看著地下，或是在夜深人靜時走到橫跨大河的橋上，細看順著水流閃爍的倒影，這已算是我的習慣了。每一個夜晚，我都彷彿看見自己直墮下去的影像。總是無法停止想象自己跳下去之後會發生的事，例如我能夠從此向世界證明——我不是開玩笑的，我確實有尋死的意志。

我曾經以為燒炭會比較舒服，但當我認真了解到燒炭的缺氧過程是極其痛苦後，我對與缺氧有關的死法從此有所保留。我們所在的世界，沒有一種死法是舒服的。這世界逼我到來，不曾徵求我的同意，到我想離開，這世界又不讓我好過。竟然有人會喜歡這樣的世界，我實在大惑不解。

可是這次「自殺」，與我之前的幾次「自殺」都不一樣。

「你真的不要笑喔。」我對她重複地說。

漂亮姐姐甚麼也沒有答應，她保持沉默，但也當然沒有笑過。

其實那天發生了很多件小事。

當日早上我如常上課，去上關於教育制度的課，一大清早聽了三個小時，最後發現也沒有甚麼制度可言，腦海一片空白。而在我弄清為何我會在坐在這裡上課之前，我已要在下課之後趕去上班，途中沒有時間吃午餐，只能草草吃個麵包，然後前往工作，直至下班已經是晚上八時。

從我重新走入大學讀書開始，在每個工作過後的夜晚我都覺得頭痛，如果不喝一點酒，就會連僅餘的生存意志都完全熄滅。或許是空肚喝酒的關係，在下班之後、回家之前的那段時間我都特別想吐。我想獨自醉到海邊，坐到天明，但一想到隔天早上又要讀書，然後工作，我就不得不回家去睡。

回家時候，我發現我一家人都在，看見滿屋的燈光、擠擁的客廳，我就作嘔。每當我回到家裡，我都會首先聽到那個叫做「母親」的女人，對我從頭到腳的抨擊。就算我在日常可以完全不理會那一屋人的噪音，但在我喝酒之後，這些噪音都會被放大。因而對他們的斥喝、指罵、冷言冷語，以及密集式的言語轟炸，我都極之厭惡，隨之一陣目眩，吐了一地。

如今我在地上吐了，那個叫做「母親」的女人的叫罵聲，也比往常更大。我有印象她罵我吐了一地，她罵我弄污了地板，然後她便失控，罵我廢物，為甚麼回來，不是很喜歡出去嗎？她罵我這麼多年都沒拿過錢回家，只懂得用家裡的錢，讀大學時是他們的錢，住宿舍是他們的錢。她開始用我與其他「老師」比較，她問我這是憑甚麼騙來的學位。她叫我出去工作之後，一定要付家用。

我轉身走進廁所，關上門。她罵我這是甚麼態度。

當時我滿腦海是殺死她的衝動，但因為我無法殺死她，結果我對自己無法把她殺死的懦弱盡是痛恨，轉而讓我想殺死自己。

困在那廁所裡面，我瘋狂地尋找自殺的方法，但廁所沒有刀，只有一瓶鏹水、一堆洗衣粉。我想到自己要狂灌鏹水而死，甚至在喝下洗衣粉後滿口白沫倒臥地上之後，我就無法忍住對如此滑稽情勢的鄙視，因而發狂地笑，不能自拔。我笑到靠坐在廁所門後，定眼凝望天花的燈泡，笑到淚水奪眶而出。我連自殺都無能為力，大概今後也沒甚麼事情，是我可以做到。

「真是失敗呢，我連自殺都失敗。」我對漂亮姐姐說。

我的自殺，無聲地落幕。

那天我如常洗澡，洗完澡後，我便回到牀上睡覺。周圍其他人的說話，甚至乎他們的實體，一切都像變成了霧。有些噪音、有些顏色，但我不能細辨。我失去了感受世界的能力，連時間流動的實感都消失無蹤。我在牀上躺著，躺到半夜確認自己不能睡了，我便坐著，坐到早上（或是中午），餓到我連捱餓的意志都滅絕了後，我一個人吃飯，一個人「死去」，不知不覺逃了幾天的課。全家無人過問。

「如果你發生了甚麼事，有沒有誰你可以致電？」漂亮姐姐問。

當時我尚未明白她的用意。

她接著說，「例如你喝酒喝到要進醫院的話，也得找個人陪你去啊。」

我搖搖頭，說我想不到。當時我連半個人名都數不出來。朋友的話我不想麻煩他們，父母的話，我不想和他們拉上任何關係。

「身邊有沒有一個人……可能你不必完全相信他，但你可能『有一丁點』相信他呢？」

「可能是我的前度？」我懷疑道。

「你們現在是朋友嗎？」她問。

「我不肯定，可能吧。」

「還有沒有呢？」

我盡力回想近來遇過的人們，他們的笑臉、他們的說話，一一如影般襲來。「可能還有我的一位同學？」我告訴漂亮姐姐。我覺得他是個好人，我逃課時候有甚麼功課，也是他告訴我。

「你要記得他們。」漂亮姐姐對我說。我開始覺得她正談論的，可能是其他事。我們談及的這些人名、這些回憶，與他們會否把我送去醫院根本關係不大。「當然你也可以致電給我，不過我有時也會漏掉幾個電話。」她對我說。「所以，如果你遇到急事，你一定要記得打電話給他們。」

我不打算真的打電話，可是漂亮姐姐這樣問起我來，倒讓我想起一些「有一丁點相信」的人。她用鉛筆指著剛才那張屬於我過去的地圖，我跟著她的筆尖看去，一條從「Now」貫穿到無盡過往的橫線上面，寫著「失眠」二字。

「我想我們先一起處理最起步、最起步的問題吧。好嗎？」漂亮姐姐說，「我覺得，你應該先好好睡一覺。」

「我們一直有相熟的醫生，我可以給你他的電話。你睡不著的事，他可能可以給你處方一些藥，讓你睡得好些。」她以極輕柔的語氣說。「如果你再睡不著，繼續灌酒下去，會傷害你的身體。」

對比酒精，安眠藥對我身體的負擔，我想應該沒有那麼重。如果可以去拿些安眠藥，相信於我也是好的。

「那位醫生有精神科資格。」漂亮姐姐補充說，「我不是說你有精神病啊！他只是剛好有這資格。」

「會有精神病紀錄嗎？」

我知道我有病，因此可能問得比較直接，同一樣的問題我前後問了幾次，問到漂亮姐姐也反問我，為甚麼我會如此在意「精神病紀錄」。

她問我，「是不是有甚麼特別考慮呢？」

當時我認為「有精神病」以及「沒有精神病」這兩者之間有一條明確的界線，因而就算在我明知道自己有抑鬱、酗酒，並且明知道自己有自殺傾向之後，我依然想用盡力氣，將自己與所謂的「精神病」劃清界線。我不介意我不正常，但我不想被人發現。

「所以，會有精神病紀錄嗎？」我追問她。

她當時的答案，我不清楚應否向人奉告。總之我知道的是，所謂紀錄一旦記下，便不能輕易改寫，只是她的答案，讓我放下了對精神科醫生的一點戒心。至少單從我本人看來，我之後的確像不曾有過精神病一樣，繼續在這有病的都市裡活過來了。我跟在人潮裡，無人知曉我的存在。

「我想，專業意見應該比較能幫助你。」漂亮姐姐讓我選擇：「可以待你離開之後自己致電給他，也可以由我幫你約個時間。視乎你意願。」

「還是不好。」漂亮姐姐突然改變主意，「我先幫你約時間吧，好嗎？」

如果等我離開這裡再預約時間，相信我一離開就會改變主意，轉頭再去買酒，把預約忘得一乾二淨。漂亮姐姐一手握著話筒，一手放在電話的數字鍵上，她看著我，問我意下如何。她側著頭時說話的輕柔，讓我記住了她當時身後的窗外有一條橋，那幅夕陽將要落下的景象。原來我們已經談了很久。

「好啊。」我說。

她打了電話，作個簡短的自我介紹之後，便向話筒說出須要預約的個案的情形。她掩著話筒，向我確認明天是否有空。我記得明天有課要上，但不上課的話，也不太重要，於是我點頭，告訴她我明天有空，沒有要事。

她為我完成登記，便掛了線。「記得啊，明天兩點鐘。」漂亮姐姐教訓我說：「我不想看見你的肝變成黑色。」

明天我會見到一位精神科醫生。我看醫生的事來得很急，我沒有被人捆著捉了過去，也沒有救護車將我直送入院，我見精神科醫生，像我預約醫生看感冒一樣，只是打個電話，然後自行前往。發展遠比我想象中快。

「地圖」上面用鉛筆畫成的線條有重有輕，有許多人名、有許多事，她說覺得我的情況有些許複雜，在徵求我的同意後，便把這張「地圖」保留下來。她說須要把它影印，但叫我放心，只有她會看見。她打趣問我，要不要也收藏一份。我拒絕她，微笑著，「不必了。」

「待你與醫生見過面後，隔天我再與你見一見面。」漂亮姐姐說。

我與漂亮姐姐的對話結束。我們約定下次見面的時間後，她站起身，為我打開門。她送我出去，我們並肩走著。輔導中心的辦公時間也結束了，外面無人等待，我是最後一位病人。

「如果可以的話，我會想更早知道你的事。」她說，「真的。」

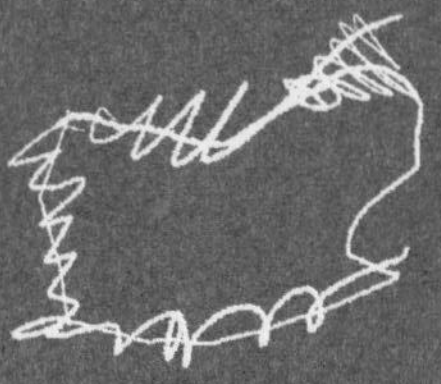

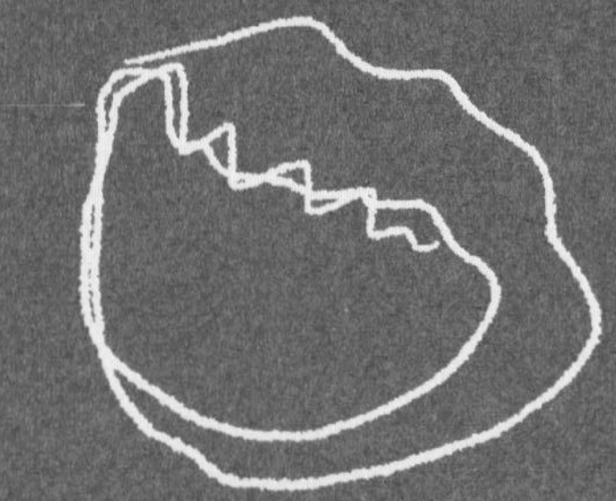

第三章

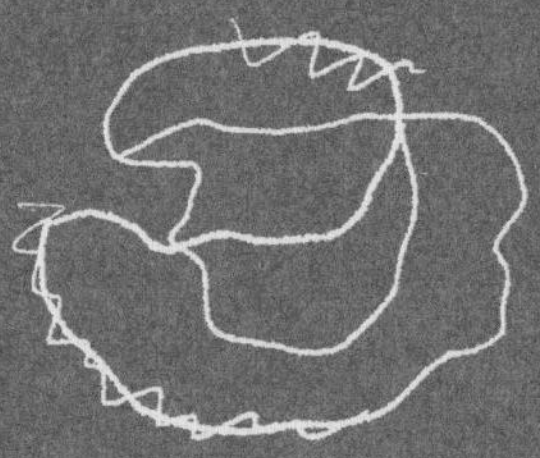

我曾經認識過一位叫做H先生的朋友，他是一個好人。在我人生最貧窮之際，所幸能夠得到他的照顧，可惜當我不貧窮了，我們彼此便失去聯絡。

在H先生自殺的三年之後，我才得知他的死訊。而我是在某個同學聚會上面，被以「他幾年之前已經走了難道你還不知道嗎？」的形式告知，沒有半點前因後果，他的死去也沒有成為話題。

我以H先生的名字搜尋，再從網上新聞的報導、朋友的補充，加上我自小對他的認識，勉強把事情的脈絡整合——

H先生死時二十五歲，據他的遺書所指，他一早決定要在二十五歲的生日自殺，「我不會活過二十五歲」，只是剛好他的女友在那之前出軌。因此他希望看到那封遺書的人，不要對他女友有過多無謂的指責。他的死是鐵定的，不能隨便回頭，他想帶出這個意思。

他的一生貧窮潦倒，雖然在有父有母的家庭長大，可是沒有一晚他們不為錢銀爭吵。即使H先生成功考入大學，但因他的分數根本無法入讀甚麼得體的科目，所以沒人替他高興之餘，他們一家的爭吵亦愈趨激烈。他們要他讀賺錢的東西（他們認為BBA是賺錢的），其他垃圾，想也不用想。

H先生被指已經成年，因而須要出外打工幫父母交租，同時他的父母覺得他是在花家裡的錢，因為學費是他們付的。H先生不是沒有提出借學貸的建議，只是他的父母一早向親戚借錢，然後在H先生面前說：「學費是我們付的，我們養你這麼辛苦。」

H先生告訴我這些事情的那晚，我們還是宿舍室友。當年我們不時一起出去吃飯，喝便宜的酒，我曾告訴他：「他們喜不喜歡，全部都不要管！離開吧！就遠走高飛！」他只喝了酒，沒有回答甚麼。

可是這一句話，就此成為我們最後的回憶，畢業之後我便和他失去聯絡。為了整理H先生的過去，我找到他的同事（當他接聽我的電話時，他嚇了一大跳）。這時我才知道，他連工作都很不愉快。

畢業之後有兩年時間，他一直留在一家極其混亂的公司。當時正值兩個部門主管的鬥爭，他生性孤僻、不善交際，也因此被人留在兩個群體的夾縫之間，被辦公室的氣壓壓得透不過氣。野蠻的客人都被同事交給他來處理，加上上司的百般阻撓、毫不賞識，以及H先生在同事之間的不受歡迎（和我聯絡的這位同事，是和他最沒關係的），結果兩年過去一無所獲，到他離開公司，別人問他做過甚麼，他也答不出來。

H先生是一個好人，只是不太擅長告訴別人自己很好。在我最貧窮的時光裡，他幫助過我很多，例如一有工作機會，他便會告知我，找我一起打工。而我和他一起吃飯，我也不必為自己點了最便宜的套餐而感到不好意思。那些時光，我很感激遇到他。

我沿著他 Instagram 上的照片細看，每一張都是他和女友的合照（他幾乎沒有朋友）。他的一生彷彿沒了女友，便空洞無物。我嘗試在照片堆中尋找使他死去的線索，但我連這個女人後來會出軌，也絲毫看不出端倪。他們幸福的笑容甚至教我覺得——他們一定會幸福下去。

所以我的問題是，一個尋死的人，他是純然意志力不足，因而面對生活力有不逮嗎？我們到底有沒有辦法逆轉一個人的去意呢？我在H先生人生的每條線索上嘗試尋找某個「時間」，我有沒有可能在他某一個時間點上，透過改變某一件事的發生，從而把這個尋死的H先生，變成一個積極樂觀而且熱愛生命的H先生呢？

一個尋死的人，他的尋死到底是必然，抑或是偶然呢？

在我與輔導處的漂亮姐姐見面過後，以及在我與精神科醫生見面之前，期間有過十二小時我既是有問題的，又是無問題的。我甚麼也不是，一切都沒有。

因為明天要見醫生，若然今夜馬上喝個爛醉，好像不太合適。於是當夜我抱著背包又再走到海邊的長椅上時，我甚麼都沒有做。那是我最清醒的一夜，又是記憶最模糊的一夜。

我本來想致電D小姐，告訴她我明天要見精神科醫生。我看看電話，那時是十一點半，D小姐還沒睡覺，因而我致電過去的話，我想她也會接。不過我們已經分手，我也不想她浪費太多間在我身上。我破壞了自己，也破壞了她，碎片散落一地，或許我們都各自忙著，想把碎片砌成個看似是人的人。

我們分手之後，至少從我看來，D小姐一切如常，對我萬般照顧。但我想，她若要變回一切不曾發生那樣，除了演技也沒方法了。為免苦了別人要花心力敷衍自己，也算是放她一馬，讓她花點時間將我忘記，我便打消找她的念頭。

我打開電話簿，仔細查看每個名字。有些名字老如遠古，雖然有他／她的電話，而我相信也能撥通，但已不可能找他們了，有些名字雖是近來加入，但因為太過新近，除了問功課外無事可談。陌生的名字，連聲音都不記得；熟悉的名字，已經不想聽到關於我的事。

呆坐海邊的夜半，我下一個要去的地方，在明天下午兩點之前到達便可以了；至於我上一個存在的空間，現在也不由得我回去。我想象自己跳落大海，被海浪沖回岸邊，然後爬起又跳。這樣想到悶了，我又想到自己不能喝酒，有點可惜。我想象到沒有甚麼值得再想象了，於是開始想象「命運」。

在我試圖於「命定的」、「偶然的」、「因果的」，甚或乎「荒謬的」種種關於命運的哲思裡，嘗試找出可以解釋「為甚麼我會變成這樣呢」的答案時，我都失敗收場。

當我認為自己所遇的不幸只是「偶然」，並覺得未來將要變得更好、非常好、超級好時，命運總是毫不喘息地對我連番打擊；到我認定自己「注定」要遇上她並繼續幸福下去時，命運又會忽然鬧起偶然的波濤，將我重重淹沒。

所以我的腦袋，到底是從甚麼時候開始缺損了呢？它是偶然的缺損，還是必然的缺損呢？到底我有沒有辦法回到過去，在我缺損之前將我叫停：「喂！不要再向前走喔，再走的話會掉下去喔。」又或許我能否不碰某個女孩，甚或不要喝某一枝酒、點某一枝煙……諸如此類呢？

結果不行，雖然我確實經歷過某些特別痛苦的事，但若要我從中抽取某個細節，並試圖改變我當時的任何一個決定時，我都完全不能看見我有改變命運的可能。就算我把過去自認做錯的A、B決定改成C，下一件事還是會把我推向更多錯的決定。

我腦袋的缺損，並非某顆齒輪故障所致。準確而言，這是「哪顆齒輪應該推動哪顆齒輪」的設計上的問題，我是打從核心的系統開始有所瑕疵。一定要把一切拆除，重新裝嵌，這樣才有得救的可能。

要我相信與D小姐的愛情最終可以得到幸福，我不可能只回到過去告訴自己將會幸福。我須要回到更早的 Year 3，去把我和前前度的感情缺損修理掉；甚至我要去到更早的虛無，叫停自己不要投入無謂的愛情，好節省自己愛人的力氣。

又如果我對愛情的全不信任，是來自於我父母婚姻的荒謬的話，那麼我在追尋「所謂幸福」的改正上，我很有可能須要殺死母親。本來一段認真的思考，突然變成搞笑，於是我一面恥笑自己，一面望向無盡大海的盡頭。對於過去的許多事，我都感到後悔，但我顯然無力改變過往的任何一個決定，也不可能藉此拆除我人生之後的任何一次不幸。

那裡有一艘船，船上有盞燈，它在黑色的海上漂浮，漂浮到無蹤影了，夜空的深邃化成了清晨黯淡的深藍。我也許有睡過幾小時吧，總之最後我被日出曬醒。

朝早的海旁，做早操的老人開始多了，活到將死之年竟然還有做運動的意志，我一直很佩服他們。我看著他們把腳搭在欄杆上，並不斷拍打自己的肌肉，我對生存的薄弱渴望，又因而變得更薄弱了。

我一直坐到陽光變猛烈後，等到老人不再拍打身上的肌肉，後邊的學校也響起鐘聲。我看著電話上面的時間，確認家人應該全部離家了後，我才起行回家。

回到家裡時已經是早上九時半，陽光曬在空無一人的家裡的窗台前面，我深深地吸一口氣，坐到地上，看著那一扇窗，我又發呆了半個小時。然後我去了洗澡，換了衣服，在我把頭髮弄乾同時，我開始尋找去診所的路。當我在地圖上發現它旁邊有一間圖書館後，我便決定提早出發，去看一看書。當時我還不太喜歡看書，我只是單純覺得——我看著看著，可能會睡得著覺。

或許是平日下午的關係，圖書館如死一般靜，近窗的一排藍色椅子空無一人。這是我喜歡圖書館的原因。大學時候我便經常去圖書館了，不過睡覺居多，每次都隨便去一個書架，隨便選一本書當枕頭用。因為在圖書館不拿著書，很有可能招來管理員的問候。

我選了郁達夫的《沉淪》，我喜歡這本書，純粹喜歡它的書名。曾有幾次我試過盡力細閱，但我對它毫無印象，畢竟我每次只看了頭三頁，並在下次重新再看。

進了大學之後，我有很長時間都不曾好好安靜下來，好像我們都被逼以外向的形象，活躍於奇奇怪怪的活動當中，例如我們要在第一日的迎新營裡，與一群素未謀面的人們熟絡，甚至在當夜就與他們談心，但我其實毫不外向。所以我經常告訴朋友，我很內向呢，我希望他們可以明白，結果不得要領。

我夢見一位 Year 2 認識的舊朋友。他的名字，好像叫做「黑人」。我想強調的是，這個男人與之後發生的一切無關，只是在我見精神科醫生前竟忽然記起他了，因而使我印象深刻。

我和黑人是同層宿友，Year 2 的上學期，黑人不時會找我打機，有時會去吃飯、去聽歌。因為他主修音樂，而我對於古典音樂向來頗有興趣，所以當他告訴我古典、現代或後現代音樂具體有何分別時，我非常樂於聽他解說。

他的性格相當奇特，在外人看來甚至有些囂張。例如他是我人生遇見的第一個人，會告訴別人他「完全」用的士代步，並「完全」不屑搭公共交通。他向我解釋時間成本的概念——如果他用搭車的時間去教音樂，就可以賺到更多錢，所以他一定會搭的士。

他有時會笑我：「你不覺得等車很浪費時間嗎？」

「我沒有錢啊。」我說。

作為大學生，我當時完全不能想象有同齡人的腦袋竟然長成這個模樣。可能源於我對他人從來不帶批判的習慣使然，我們之後經常成為飯腳。

他個子很高，皮膚黝黑，除了聽音樂，日常還會去行山、長跑，體格相當壯健，所以他不時談起幾個追求他的女生。黑人的條件很好，能吸引女性是理所當然的事。但也是他的性格使然，若撇開金錢不論，我覺得很難有女人可以和他一起而感到幸福。

他經常趁我還睡著覺的下午三時捉我去吃下午茶，或是在晚上九時多叫我去吃當時正紅的「黑夜壽司」，而且每一次都是他來請客。他說：「不要緊，反正我有錢。」前幾次他付款時，我總會把錢還他，但後來我向他坦白，說我真的沒有錢（沒多少個大學生可以將壽司當成飯堂膳食吧），叫他吃便宜點。他還是一臉不在乎：「我請啊，走吧。」然後便把我拉出房間。我們從宿舍出發，一起搭的士，連的士錢也是由他來付。

結果，他消失了。

就在聖誕假期過去，全世界一起倒數完了，我們回到宿舍之後，他便沒再出現。連宿舍的群體活動，他也理所當然地全部缺席。

期間我曾聽聞他一個人去西藏旅行的消息，但我知道他消失的原因時，已經是他離開宿舍之日。大半年不曾見面，那天他突然敲我房門，對我草草說了一句：「我本來就這樣，喜歡自己一個人。」隨之他拉著行李離開，「拜拜。」他一仰下巴，向我道別。

本來我對黑人幾乎沒記憶了，但在那圖書館時我偏偏記起他來。他像一直寄居於我的回憶之中，準備在之後的某個瞬間，讓我再記得起他——

「我本來就這樣，喜歡自己一個人。」

郁達夫的《沉淪》在我手上，我一頁都沒揭過，我睡著了，圖書館管理員沒有來，也沒有人將我叫醒。我還沉浸在剛才的夢。我把書放回原位，確認書的位置確實是它的原位後，便離開圖書館。我一個人到麥當勞買了一個最便宜的漢堡包，坐到一張未被清理的桌子前，一個人默默地吃。時間將到下午二時。

「我應該去看醫生了。」我告訴自己。

一如漂亮姐姐所言，我將要見的醫生，是一位有精神科資格的醫生。因此他與精神科醫生可能有些少不同？我不肯定。希望今後我不必再踏足這種地方。

那是一間非常普通的診所。它比平常的診所好像更寬敞些，從窗簾後透來的陽光比其他診所看起來更猛烈些，又或許是，為我登記的姑娘比其他診所的姑娘更漂亮些。

但我若將這些分別撇除開來，其實又和普通診所無甚分別。

下午二時的診所無人作聲，電視機也關掉了音量。電視上有一對穿著運動服的男女，他們認真地講解每個動作，並在閒談間介紹健康操的好處。在那個沉靜的下午，我就這樣看著一對做健康操的男女發呆，他們幾乎有讓我跟著一起做的衝動。

健康操的影片大約播到四分之三，姑娘便呼叫我的名字。我本以為他們會更體貼病人——例如帶著我走到醫生的房門前面，或者將我綁到輪椅上面把我推進醫生的房間，結果我是自己走進去的，連呼叫我名字的姑娘，也在招呼我後繼續看著播放健康操的電視。這裡很像一間普通的診所。

醫生的房間有扇關上的窗，我看不見外面的任何風景。那裡的空氣像不曾流動一樣，書架是死去的木頭的顏色，牆身是人死去時候的蒼白。連為這裡照明的燈光，也是暗淡如死的白色。醫生向我打招呼，我像進入囚室。

為我看診的醫生，是個頭髮略變稀薄，戴著一副金絲眼鏡的男人。他穿著長袖襯衫，身材瘦削，感覺很輕。若然這裡吹過一陣風，可能他會煙消雲散，我在他身上感覺到的力量是如此的弱。

「你有哪裡不妥嗎？」瘦削醫生問。我起初以為有精神科資格的醫生，應該會有其他特別的問法，而因為他問得太過普通，所以我才記得。

我與漂亮姐姐見面時，早曾疑惑我該從何說起我的過去，今次再談，我以為自己會答得比上一次好。可是我做不到。這是我第二次被要求談起自己，但這一次的沉默，比上一次面對漂亮姐姐時更漫長了。

可能是因為那扇關上的窗，可能是由於這裡的牆身、書架、燈光，都讓我想起囚室，也可能是「精神科」本身的關係，我無法告訴他任何一件事。又或許是，我根本不可能「再次」對人談起自己。

從無法談起自己，到談起自己之間的跨度很大（這是我見漂亮姐姐時的感受）。但在第一次談起自己，以及「繼續」談起自己之間，中間的跨度又變得更加大了（這是我見瘦削醫生時的感受）。我很抱歉，我的情況或許他人無法輕易明白，但我重複話語的能力，已經在過去某個不記得的夜裡被沒收了。

對著瘦削醫生，我感到無比羞恥。我不能接受再次訴說自己的不幸。儘管事後看來，瘦削醫生一定不曾聽聞我的事，我是否重複一次，想來也根本無人發現，但我當時已經想毒啞自己。

有一把聲音，異常清晰地在我耳邊重播——「又是這件事嗎？」這是在我的過去之中，某個無以名之的人向我說過的話——「有沒有第二件事？」聲音問。

瘦削醫生直看著我。我不知道如何告訴他，我覺得自己很奇怪。

我很抱歉，我的不幸已經和盤托出。「你來來回回又是同一件事。」聲音對我說，我已沒有更多的不幸可以和他分享。我努力去想，希望自己可以說服他，我有另外一件更大的不幸，大到他值得浪費時間來聽我一言。「你上次不是說過了嗎？」我做不到，我無法更不幸了，我必須更加努力。

我曾以為沒有新的不幸，本該是值得一起慶幸的事，但我沒有其他不幸，好像令所有人都覺得失望。這一直使我對分享同一件事「兩次」感到噁心。我一生已經麻煩過太多人了，而且每次我的分享都了無新意，樂趣欠奉。

我想他們最希望的，是我人生的一切疑難會在與他們的見面之後全部消失，只有這樣，他們才會滿足。若然不能做到，我向他們分享又有甚麼用呢？我今後應該保守

「傷心」的祕密，一生笑臉迎人，只有這樣，他們才會覺得與我談話是有意義的。

沒有一句說話，可以比「有事的話要告訴我」更加虛偽。

我把力氣集中到全身的肌肉上，撐起嘴角，笑，我感受著腐化的骨頭，我裡面甚麼都不剩。我說不出話，情況甚至比起我見漂亮姐姐時更嚴重些。為甚麼會變成這樣，我不知道。

「我不知道。」這是我可以對瘦削醫生談及的，所有的部分：「總之，我想要些安眠藥。」

瘦削醫生在病歷上面寫了幾隻字。他應該知道我從輔導中心轉介過來，不過關於我的其他事情，我無從得知他知道甚麼。他問我發生甚麼事，我除了講起自己很想退學，其餘一切我竟無可奉告。

「去去輔導中心也好，有些事不能只靠吃藥。」瘦削醫生說得輕描淡寫。他見我甚麼都沒說下去，可能是他知道我有去輔導中心的緣故，隨之便到他談起來了。

「我也放棄過呢。」瘦削醫生說，可能他想承接我退學的話題。「以前有個學位，我也讀得很大壓力。我本人後來也出了事，也是精神方面的問題吧，不得不放棄。」他笑了笑，「學費也不便宜，哈哈。」他說，「但算吧，賺得回來。」

我可能是他賺錢的其中一個過程，聽到這裡，突然想笑。無奈出於禮貌，我還是等到他的說話結束。我對瘦削醫生並不反感，也覺得如果我們在別的場合遇見，他可能是個有趣的人。

「還有半年就讀完嗎？隨隨便便完成它吧。」瘦削醫生說，「不用讀得很好，隨隨便便讀完就好。」

我從他的語氣聽得出來，他知道建議沒有用，所以說到一半，他又打住。我對他整段說話的印象不深，唯獨「隨隨便便」這幾隻字，卻比它原本的重量更沉重地落在我心裡的某個角落。

「輔導中心那邊的人很不錯。」瘦削醫生用筆寫完，就用鍵盤打字，「我會處方你一些藥，但吃藥之餘，也要找他們聊聊天，這樣的話對你也有幫助。」他對我說：「心病還需心藥醫。」

我覺得有點廢話，他也知道這是廢話，於是我微笑了，他也微笑。

實際上我有甚麼病，他沒有說得明白。他繼續在病歷上寫字，對我說了一串英文。因為我英文不太好，他說的許多隻字，我之前都從未聽過。我只認得其中一隻字，叫「Anxiety」。

我以為我會從他口中聽到「抑鬱」，或者「Depression」。當我從醫生口中得知世上有叫做「Anxiety」的東西時，我又覺得這彷彿是情理之中，又是意料之外。所謂的焦慮，我搜尋關於抑鬱的資料時偶爾會順便看到，但我不曾認為我有這個叫做焦慮的病。

我真的有甚麼在焦慮著嗎？我沒有半點記憶（當然從更後的「事後」而言，我可以知道我焦慮甚麼，例如我對人焦慮、對關係焦慮、對無定向的未來焦慮、對女人焦慮、對別人於我的批判，以及加諸我身上的價值焦慮……如此種種，諸如此類）。而他只是輕輕帶過「焦慮」一詞，連聲音都略帶胡混。即便瘦削醫生這樣說了，我對此仍抱有懷疑。畢竟連我本人亦不太了解，到底這算是怎樣的病呢？

瘦削醫生說，他會給我「開心藥」。

起初聽見「開心藥」的名字，我以為它是毒品，但想到這是醫生處方，又不可能是毒品了。關於我，我無話可說，所以我們談藥。瘦削醫生向我分享，他說這藥已經出到第三代，副作用沒以前嚴重，以前不是經常聽見服藥自殺的新聞嗎？現在也變得不容易了。

我對科學進步之快感到詫異，但這詫異也沒維持多久。

「我一開始會給你較輕的劑量，就算整包吃下，應該也不會死。」瘦削醫生打趣地說，然後他稍一驚覺，回頭又說：「我當然不是叫你整包吃下。」

他向我分享了過去幾代「開心藥」的分別，可是準確而言他們有何分別，我不記得。印象中依稀是一堆化學物質的名字，以及它會對我身體上的不知甚麼產生的一堆反應。瘦削醫生說話的時候一直看著我的眼睛，彷彿在嘆氣一樣。

儘管這些眼神的嘆息不曾打斷他向我解釋藥物作用時的長句，但在他向我講述未來可能改變用藥的計劃時，我對瘦削醫生的印象，也只剩低他說話時嘴巴的開合，一雙無可奈何唯有如此的眼睛、一些他身上樸素的衣著、一副眼鏡，以及在那燈光白如死灰的房間內的一些忽然的傷感。還有，我記得那扇窗戶被關上了，甚麼都沒有。

「開心藥」其實是怎樣的藥，我也是拿著藥袋，根據正式的藥名從網上查找得知。我知道瘦削醫生給我的劑量比平常少了一半，我知道那藥與抑鬱、焦慮之類的病有關。也正如他所言，我吃的藥經過幾個年代的改良，以往與酒精混用可能出現的副作用，現在好像變得不致命了。瘦削醫生刻意避談了這一點。

自我得知這消息後，我本應再去買酒，也很有可能在回去的巴士上便喝醉昏睡。可是瘦削醫生給我藥後，我意識上竟然出現了微妙的變化——我不想去買酒，不想再以酒送藥。

我突然覺得以前的日子，例如以前的秋天、以前的半夜、以前的浪、以前的女人……統統我都覺得夠了。我想離開這個都市，甚至乎遁入山林。就在我拿著一個白色光面的塑膠藥袋在鬧市穿梭的那個下午，我腦裡盡是這些奇妙的遐想。

「我想放假。」我幾乎想大叫出聲，好讓自己聽見，但聲線之弱，又讓我見證自己訴求的卑微。

我像收拾假期要用的行李一樣，回首過往的一切，又像要拋走所有的行李一樣，二話不說拾起便丟。我的過往可能會被拋棄到一無所有，但一想到根本不曾有過甚麼，就覺得沒有所謂。

首先，我離開了D小姐，我從此背對她的一切，如她的近況、她的消息，甚至我連她的聲音、她的名字都避而不碰。斷藕情絲終須斷。即使我有病，當時D小姐仍然待我很好，但若她永遠都待我好，那麼她又怎麼辦呢？我無權決定她是否幸福，也可能我應該更坦白說，是我本人未曾對幸福有感——與其耽誤別人，倒不如就此作結。她會幸福，但不是和我。

及至工作方面，自我踏出診所之後，我便致電回去請了病假。我沒有說謊，我是真的病了。上司問我甚麼時候回去，我答不知道。我告訴他：「我不知道甚麼時候可以復原。」我笑了笑，「我也不知道甚麼時候會復發。」我想，如果丟了工作，那再找吧。我向上司道歉。不過上司也沒所謂，大概因為當時我已轉兼職，兼職本來就是這樣啊，有時在、有時不在。上司叫我好好照顧自己，「好好休息。」他說。然後我們道了別，掛了線。

逃了一星期左右的課後，我抱著被開除也無所謂的心情，準備再多放幾天假。我連退學信也不想寫，心想如果校方踢我出校，那就算吧。可是我離開的這個星期，我沒有收到任何信件，也沒收過我被「F」掉某科的消息。大概對於他們而言，只不過是多了一個逃課的學生罷了，最後甚麼都沒有發生，我就開始了我的假期。

在我發生這「一切」之後（儘管一切未完，之後的事其實更難交代），我已無法向人逐一明言我的去向。這現狀的複雜，既令我失去詳述的意志，也失去逼人聆聽的勇氣。特別是我可能放棄我的教育學位，並放棄它背後意味著的數萬月薪時，我不想再用任何力氣去說服任何一個人了。以前已經說得太多，我不想再為任何一個決定多作解釋。

我把行李逐件丟走，世界也絲毫沒有崩塌的跡象。單就放假「幾天」而言，我未足以讓D小姐將我完全遺忘，也未足以令上司懷恨在心將我解僱，甚至連逃課方面，我也未嚴重到足以讓學校向我發信。至於朋友，我想數天不見，也不過一如既往。

既無所愛，亦無所恨，我已無所失去、無所痛苦，因而我自由了。即使事後證明並非如此，但至少在當下，這些虛無都讓我從窒息之中得到解救。

那是上班日，所有人都在工作，街道只有很少人。我在無人等候的馬路前等紅綠燈轉，不過路上沒有車，等了一會，我便跨了出去。紅綠燈最後甚麼顏色我不記得，總之最後我過了馬路，路上沒有車。

對於之後的事，例如放假之後該怎麼辦呢，我一無所知。首先處理哪些事、其次處理哪些事，我始終未有詳細的構思。但我開始認出我不想做的事情，例如書我可能會隨便地讀，工作我或許可以隨便地做，朋友的聚會也可能隨便我去不去了。

建基於不想做的事情之上，我開始看見一些我不得不做的——例如烈酒認真不能喝太多了，錢還得認真地儲，又或許我要認真地找另一個家，就算劏房也好。

我收起藥袋，把它塞到我幾乎甚麼都塞不下去的背包裡面，我的背包很脹，像會嘔吐一樣。

又或許是，我根本無法計劃得太遠。

回家的路沒有多長，一夜過後我又回來。昨夜以及今日的我，分別只是多了一包藥，我還是活著，世界沒有改變。

我回去時，他們已在吃飯，雖然是有一點餓，但是算吧。自從我在這家裡吐了一地，並滑稽地自殺失敗之後，我和這個地方已經沒關係了。

我的家有五個人，一起逼在一個不到四百呎的單位，一旦在客廳打開飯枱，廳便會消失，他們坐著的椅子會擋著路。如果要從大門走向廁所，我須要說「不好意思」，然後他們會不耐煩地讓開。我的家，是這樣的家。

「脫鞋！」叫做母親的女人大叫。

回到家裡，她仍健在，略感可惜。我們對著望，一言不發，然後我脫了鞋，踏進房間。

「不要拿背包進去！」她大叫。

她覺得我的背包骯髒，因為我在街上遊蕩，不知道我去過甚麼地方。

她用力將筷子拍在桌上，轉過身來：「放下背包！」

背包裡面是我的藥，若然我在這裡放下，今晚我就不能吃藥。我斜眼瞥她一下，想到自己竟然還要面對世界，就覺得灰心。我把背包揹到肩上，就往更裡面走。

在這個地方，我沒有自己的房間，我的牀就放在用衣櫃間隔成的一個小空間裡。明明只有我一個人，不過從小時候起，她便買了一張雙層牀，想用上面的空間擺雜物，下面的空間放我。所以每晚我都要鑽進狗洞，每晚都這樣。

「那麼厲害喔！」只要有人不理會她的指令，她就會發狂：「你搬出去啊！」

哥哥沒有回來，姐姐在吃飯，叫做父親的男人一直沉默。那個女人追著我罵。

我與大廳只隔著一個衣櫃，中間沒有門。我在牀上轉側時，大廳的燈光會從衣櫃與牆壁的縫隙裡透進我的眼睛。這裡唯一一個屬於我的抽屜，就在那縫隙裡面。抽屜裡面有些我自己的錢，以及以前前度寄來的名信片和她親手畫的生日卡，這些東西我都會儲起（除非有女朋友，不然我很少過生日）。我可以放東西的位置，只足夠放這些東西。

我抱著我的背包，坐到牀邊，細心聆聽牀位外面的聲音，確認那個女人一直對我冷言冷語的聲源沒有移動過後，我才將背包的藥袋拿出，握在手上。

「一回家就躲進去！」女人向同坐的人們抱怨，然後一片沉默，她就繼續：「這麼大個人，你們看他，甚麼模樣！」

這地方很小，人卻很多，又沒有門，就算只是打開抽屜的聲音，都會成為她的話題。因此我緊閉呼吸，以極輕的力道，碰著抽屜的邊緣，輕輕把它從軌上抬起之後，才慢慢地把它拉出，避免發出任何聲音驚動到她。我將抽屜裡面較小的祕密取出，好讓我塞進更大的祕密。

這是我第一次打開藥盒，確認自己的藥。我的藥是盒裝的，長方形的紙盒上貼著診所的標籤。一盒藥丸好像有兩排，全都用錫紙包裝，藥丸是白色橢圓形的，中間有一道凹痕。

瘦削醫生叫我每晚睡前服藥，這樣的話應該會有改善。同時他也開了另一包藥，只有幾粒，他說不必長期服用，只是我真的睡不著覺的話，就吃這一包。瘦削醫生說，「開心藥」應該足夠了，不用再加藥。

我把藥收起，關上抽屜，然後把我的明信片、生日卡統統收到背包裡去。我想鑽出狗洞，收起衣服，好好洗澡。

「關熱水爐啊！」女人尖叫。

時間的流逝很慢。

我在牀上躺著，上層的木板與我不過一隻手的距離，它像會把我砸死一樣的近。早前我買了一盞弱得可憐的書枱燈，當作我整個牀位的照明，以為自己的生活可以變得好過。可是枱燈的燈光在我眼前的牀板上，拉出了一道長長的影，我便覺得自己比以前更可憐了。

若要在廳上活動，就算只是要平靜地踏出去喝一杯水，我都一定要等到那個女人睡著之後（至少要等到十一點半）。因此我在牀上，還要多留三個半鐘，雖然口乾，但也沒辦法，我只能躲在牀上，又用起電話。

我應該怎樣偷吃藥呢？我腦海裡忽然想著這樣的事——如果我要斟一杯水，把它拿到狗洞，喝完之後又把它拿出去的話，可能隨時會吵醒那個女人，並引來她歇斯底里的質疑，因此不可這樣做。我必須留在客廳喝水，以免拿著水杯活動時撞上她。不過我的藥，又一定要收在抽屜。這裡沒有其他地方可以收起我的藥了，我也不可能把藥盒拿出大廳。整個拆盒、取藥的過程我必須在狗洞進行，而且須要保持警覺，留意外面有否傳來腳步聲。

瘦削醫生起初減少了我用藥的劑量，同時導致我必須把藥丸拗開一半才能吃下。我伸出一隻手，開始在狗洞裡摸黑地找，希望找到甚麼工具（但如果這裡有刀，我不可能活到現在）。想起了上次的事，我又不禁苦笑，最後唯有認命，決定用手指甲拗開藥丸。

等到其他人把電視關上，關了電燈，各自睡去，已經十二點鐘。我有近四個小時沒有喝水。吃藥的計劃，遠比想象中難。

我首先在狗洞拗開藥丸，但剛第一步已不順利。由於欠缺工具幫忙，藥丸被我分到一邊大、一邊小。看著放在手上的兩截藥丸，我起初還有過猶豫，但因擔心藥效不夠，於是將大的一截放進嘴裡。

藥丸在舌面上開始溶化變苦。為了解決水杯與藥的問題，我含住大半粒藥，撐起身體，踏出狗洞，向廳中的水壺走去。

夜晚的客廳沒有光，腰以下的地方，我甚麼都看不見。這地方本來已夠細小，近來不知道誰又買了新的物品，一個大紙皮箱斜放廳中，我不小心一腳踢了上去，腳趾的痛楚直達心臟。我更用力地合上嘴巴，但嘴裡的藥就溶得更快。待我走到水杯面前，藥丸幾乎已溶成藥粉，苦味揮之不去。

我猛地搖頭，心裡一邊「白癡！白癡！」地罵著自己，然後匆忙斟水，怎料一灌下去，卻是滾水！隨之我的食道灼燙，眼睛裡面全都是痛楚的淚，由食道至胃，無一不感到炙熱。我的胃部絞痛，幾乎要把藥丸吐出，一陣嘔吐物的苦味衝上喉嚨。

我把藥硬吞下去，然後五體投地跪在廳中，久久未能站起。到我察覺到自己還未死去，心裡便為自己倒數三聲，決定一數到「三」，就一定要爬起身了。但我爬不起來。

我捂著自己的胃，蜷縮地上，我慢慢地用四隻腳爬，爬到雪櫃邊，仰望著窗外，對面大廈的房子幾乎全部關上了燈。那夜夜色荒涼，雲在月亮旁邊飄，藥的苦味久未散去，喉嚨非常痛，彷彿我裡面的所有器官都扭成一團。

我滑稽地趴在客廳，並想到背後竟有一連串滑稽的理由，我才發現自己又搞笑了，於是一面笑、一面流淚，但是夜裡不能哭出聲。秋涼時分的地板很寒冷，我的臉貼著地面，這樣滑稽的姿勢我維持了足足五分鐘。我突然覺得很委屈。

偷吃藥的計劃空前成功，此後我從未被人撞破，又或許我是想被人撞破的，誰來都好。後來隨著我偷吃藥的技巧熟練，到我喝水時候，藥丸都還能保持著一個完整的形狀，苦味不致令我太過難受。

吃藥之前，我不曾發現自己後腦原來有一條筋。這不是比喻，而是我後腦真的有一條筋，它一直扭曲、打轉，而且拉得很緊。直至吃藥之後，我這條打結的筋終於鬆開，我才發現這條筋的存在。

我不知道這是吃藥的心理作用，抑或是那些藥真有其效。我無法用「吃藥」以及「不吃藥」的兩種方式度過同一段時光兩次，所以吃不吃藥會有何分別，我實在不得而知。總之我選擇了吃藥的一邊，即使如今的生活總有難處，但我過得還算不錯。我只能證明到這一點。

比起藥效，或許我更想說明白的是，透過吃藥的動作本身，我正式由正常人變成病人。它讓我知道：我這樣是不正常的。而這也不是我想要的結果。

抑鬱以及焦慮，甚或是其餘一切屬於靈魂的病，它們都無形無相。我不能像斷了一隻手，或是斷了一隻腳那樣，坦坦白白告訴別人「我不上學了」、「不上班了」，然後把生活的一切煞停。我甚至無法要求瘦削醫生為我寫一張醫生紙，要他寫到我病好的一天（縱然我不知道「病好」是否存在）。

我的醫生紙，瘦削醫生很有可能要寫到永遠，讓我心情好就活著，心情不好就暫時死掉，然後復活——這樣的事，無論如何都不合常理。我病了，但不可能一輩子都躺著，甚麼事情都不顧。至少從社會生產力的角度考慮，這不被允許。

即使我的手腳了無力氣，像真的斷掉一樣，我都不可能得到任何一個人的同情，因為我的手腳還未真的斷掉。

如果靈魂病了可以咳嗽幾聲，可能我們都會好過得多。我可以在世上留下病了的證據，以茲向所有人證明：其實我也很想積極，很想樂觀，很抱歉呢，只是近來病了，我會好過來的。可是我沒有這樣的機會。這是一場靈魂的病，而看得見自己靈魂的只有自己。

從此吃藥於我，變成了一場治靈魂病的儀式，藥丸變成了一道符。每當有人來質疑：

「你看看我！我不也是捱過來了嗎？你這樣真的算慘嗎？」現在我終於可以拿出一盒藥，把它作為自己夠慘的證據：「來啊！你看啊！你夠我慘嗎？你夠我慘嗎？」我說的證明，可能是這個意思。

當然這也只是想象，如此瘋狂的事我未曾做過。我的藥一直收在抽屜，不曾見過世人。

家裡所有人都離開了，我再起牀時，已經是某個星期四的下午。等到所有人都消失了後，我才開始有「活著」的實感。

秋天的天氣漸涼，我起牀之後，隨便找了一件衣服穿上，然後去廁所刷牙、洗臉。由於我盡可能不想被困在廁所裡面，所以我握著牙刷，步出客廳，可是一旦步出客廳，我又看著我倒下過的地方發呆。於是久而久之，我習慣了站在客廳，看著雪櫃刷牙。可能是過去的某些事令我受傷了，不論我如何遮掩，那些傷痕都在。

受傷是一種隱喻，它代表懦弱。但對比懦弱，隱喻本身更加可怕。它代表不能坦白，甚至代表一種浪漫化的遮掩。我們身上或多或少都藏有隱喻，不論走近的是誰、距離遠或近，我們都有不想被人揭露的部分（或可稱為不想主動揭開的部分）。正當別人以為對我已有十足了解，其實他最多只有九成。正是這種「無限」與「無限減一」之間的差別，造成了人與人之間期望的落差，並釀成如此多的災難。

本來我想留在家裡，不再出去。如果可以不見人的話，最好不再見人，但從現實看來，一輩子不再見人也有難度——我開始覺得無聊。自我決定放假以來，我躺在牀上已經很多天了。

我休息到飽和之後，便重新踏入自我消耗的周期。我縱無法對抗命運的打擊、不幸的埋伏，我仍然想對抗無聊。於是我對著鏡，練習了幾次工具性的微笑，接著剃光了幾天下來衰頽的鬍鬚。我鼓起力氣，終於踏出家門。

那天下午我去了一個盡量遠的地方。之所以說是盡量遠，那是考慮到我的財力不容許我即時飛往歐洲。我想盡可能地背著我家，走到最遠最遠的一點。我搭上前往港島的巴士，經過了許多幢高樓、許多盞紅綠燈，以及樹木、公路、隧道之後，我到達一個平常根本沒人會去的博物館。

巴士駛走了，揚起了很多塵。那座博物館依山而建，由山腳至入口仍有一小段山路，我穿過樹蔭，沿山路上斜，偶爾會有旅遊巴駛過，我站到一旁等它過去。不過一會兒的路程，我就看見博物館的純白色大型天幕，以及它白色的外牆。它新簇的設計一直給人藝術館的感覺，但它是談歷史的，裡面全是過去的事。

它坐落在港島之東，鯉魚門的對面。那裡偶爾會有一門隱沒式大炮對著維多利亞港的出海口處，它有時在、有時不在。這個地方我只來過兩次。第一次來是幾年之前，當時我還未本科畢業，與當時的前度一起到來完成某份功課，我只記得這裡曾經有她。直至第二次來，我身邊甚麼人都沒有了，只剩低自己。

我一個人的時候，總會突然想念起誰。即使在我平常的日子裡連他／她的容貌都不記得，但我一旦感到孤獨，這些過去的影像都會變得清晰。或許我是害怕孤獨的，只是不能接受自己「除了孤獨別無選擇」的處境，因而強迫自己喜歡孤獨。

有很長一段時間，我一直處於「喜歡孤獨同時害怕孤獨」的混亂之中。

考慮到人類無法喜歡X，同時害怕X的假設，我把這種現象叫作「孤獨悖論」。雖然我以「孤獨」名之，但它並不止適用於「孤獨」。它同樣適用的還有「女人」、「活著」、「承諾」之類面目模糊的字。

關於我的過去，在故事繼續之前，我必須澄清：這些「孤獨悖論」的基礎相當薄弱。我在談論「喜歡孤獨同時害怕孤獨」，甚或乎「喜歡女人同時害怕女人」時，我討論的是這些詞語的兩種面向，前者的X不完全等於後者的X。因此這個「悖論」只是語意含混所造成的誤解，而非真正意義上的悖論。

例如我對「孤獨的清靜」的愛，其實相對於我對「孤獨的無助」的恨；我想象的「女人的溫柔」的好，也其實相對於「女人的善變」的壞。我對它們的愛恨好惡可以毫無衝突，甚至我所謂的好，在不同背景下都可以變成不好。同一個詞語，可以有無限多的變項。

我喜歡孤獨的清靜，同時害怕孤獨的無助。這些分別相當重要，縱然這種混亂於我當時仍不能避免，我也想首先把話講在前頭。

當日我遇到兩件事，它們都分別令我覺得這個假期該結束了，並讓我想離開一個人的生活。即使不久之後我又會回來，但短暫的離開也是好的。

第一件事是，我遇到一位母親。

星期四的下午，博物館裡只有幾類人，有些穿著校服參觀的學生、無須上學的小孩、不用做飯的家庭主婦，以及有些學識但無所事事的老人。像我這年紀的，一個都沒有。

我沿著博物館外圍的海邊小徑走去，迎面正跑來一個小孩，以及一個推著嬰兒車，約莫三十多歲的女人。女人臉的輪廓很好看，她穿著一條很好看的短裙，露出了一雙極好看的腿。她紮著馬尾，眼睛發光一樣，往我這方向看，看著她不斷奔跑的兒子。男孩興奮地向前跑時，女人不斷叫著男孩的名字，不過男孩沒理她，一直繼續跑。

怎料那男孩愈跑愈近，本來看見一個漂亮女人的心情，都被那小孩打亂。我很討厭小孩，總之看見小孩便覺討厭。可是那個下午，見到他矮小的身影在閃著陽光的、正午的、廣闊的大海背景前跌跌撞撞地跑著時，我還是目不轉睛地看著他，並被他背後的母親溫柔的目光深深吸引。

「小心！不要撞到哥哥！」他的母親大叫，可是男孩跑得很快樂，一眼都沒有回頭看。

母親慢慢地推著嬰兒車，愈行愈近。我們四目交投，她不好意思地對我點一點頭，竟然對我微笑！我停下腳步，無法理解別人母親的微笑，為何會令我感到詫異。結果我也向她點了頭，微笑了。

男孩一面笑、一面跑，卻沒看見我，直向我撞了過來，跌坐地上。他的母親急忙推著嬰兒車向孩子跑去的動作，顯得很狼狽。她向我連番道歉。我走上前，想扶起她的孩子。小男孩捉住我的手，他捉得很用力，站起來時，像做拱橋一樣，我忽然覺得他很搞笑。

母親問她的孩子：「你有沒有向哥哥道歉啊？」

男孩對我說：「對不起。」

母親蹲下來，用手拍走男孩屁股上的灰塵。母親問男孩，下次還敢不敢？她問男孩，下次會不會跑得這樣快？男孩看著我，好像怕了我，然後他搖頭，他說下次不敢，他說下次會跟著媽媽，不會亂跑。他對我說，哥哥對不起。

母親拿出一條手帕，擦去了男孩額上的汗。她放輕語氣，叫男孩看看自己的手帕，全都是汗了，連背上、頸後也全都是汗。母親叫他不要再跑，又站起來向我道歉，我叫她不用在意。他們已經道歉很多次了，我覺得她的母親很溫柔。

我心裡對於小孩的嫌惡，彷彿在某個時刻被抵銷了。而更令我懷疑的，是竟有那麼一瞬間，我對於男孩母親的溫柔目光，以及她的微笑竟然感到詫異。為甚麼我會詫異呢？為甚麼我會對別人母親的一舉一動都感到詫異呢？

「他讀小學了嗎？」我隨意問。

女人聽見我這樣問，笑得瞇起眼來：「才沒有這麼大！他還在讀幼兒園！」

我點點頭，說來也是。這麼可愛的男孩，怎會是小學生呢？

她是一位很有趣的母親。一旦談起兒子，她笑著時候瞇起的眼睛，一直令我無法忘懷。她說他的兒子走到哪裡都要跑著，他很頑皮，很不聽話，不過睡得很好，吃飯也吃得很快，不像其他小孩。她讚他的孩子很乖，平常很有禮貌，有時也很聰明。她是我一生以來，見過最滿意自己孩子的母親。不過她話說回來，又叫他的孩子不要驕傲。

男孩都躲到母親的背後去了，若再談下去，連我也要替他感到尷尬。她看著男孩，又像覺得自己的孩子很可愛似的，摸著男孩的頭。

我想我不應再留在這，便說我須要走了。女人叫孩子向我道別，再見哥哥吧，她笑著說。我對男孩微笑，揮了手，便向著各自的方向走去。我裝作繼續看自己的海，直至再回頭時，母親與男孩手牽著手的背影，已經再看不見了。

我突然想見一見人。即使不可能有人明白我的處境，我還是想見一見朋友、同學。我們可能談些無關痛癢的事，例如天氣，沒有所謂。我知道我遺失甚麼，我好像在補救一樣，試圖找回我所遺失了的。即使有時會補得很醜。

當日我遇到的第二件事是，我接到少年P的電話（也就是我逃學時候，告訴我之後有甚麼功課要做，並且我一旦被送到醫院，我很有可能會致電給他的那位同學）。他問我甚麼時候會回來上課。我告訴他，我明天會出現。

他叫我帶些手信給他。我沒上學的日子，他以為我去了旅行。

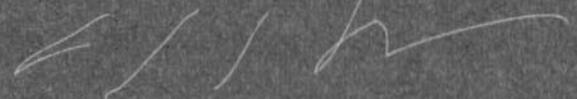

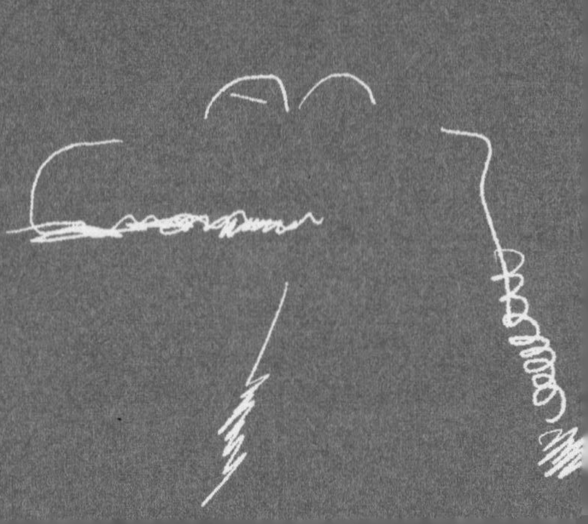

第四章

大約初中左右，我曾經有過一位朋友，因為他的樣子很像鱷魚，所以我想叫他鱷魚同學。希望你們原諒我的冒昧。

從小時候起，我便因為生性孤僻，所以經常有被排擠的人來找我玩，但是因為我懂得搞笑，所以其他人若要找人排擠，我又往往排在隊尾，未到被人群起攻之的境地。就是這種處於兩個世界邊緣的感覺，也使我更孤僻了。

鱷魚同學是一個胖子，每到小息，他一定第一時間衝到小食部買零食。那天他吃甚麼，完全視乎他的心情，總之我數不出整個小食部裡，有甚麼他是沒吃過的。

「喂，你吃不吃？」某天他帶了一杯雪糕過來，說給我吃。

然後我們便在課室後面，一起吃著雪糕。

「謝謝。」

總的來說，我不覺得他的性格有甚麼問題，但他還是被排擠了。吃著吃著，他突然問我：

「是不是我做錯了甚麼，所以沒有人跟我玩呢？」

我吃一口雪糕，抹一抹嘴：「我也不知道喔。」

若然要說他和其他人的分別，大概因為他是常人體型的兩倍，過度肥胖，而且樣子很醜（對比他的同學，我算是形容得相當客氣）。

「你比他們正常多了。」鱷魚同學說。

坦白說，我有點不懂反應。而我和鱷魚同學的友情，也沒有維持很久。不知道是甚麼因由，其他同學和他的關係愈鬧愈僵，起初只是幾個班上帶頭的同學不喜歡他，後來班上的惡意逐漸蔓延，直到某天連我也被告知——你最好不要和他玩。

那是初中暑假前的夏天，試後活動的一星期裡，學校有過一次分組活動。全級學生換了體育服，在禮堂裡面圍成一圈。各人吵吵鬧鬧地找尋自己的朋友，我在人流內等著，看著他們四分五裂。那些沒有甚麼朋友的，以及被排擠的人，往往會在最後由老師安排入組。

「不如你過來吧？」我被人叫了過去，加入了他們的組。

我很擔心鱷魚同學，於是在禮堂裡四處張望。所有人織成了一團浪，往他們要去的方向飄，只有鱷魚同學一直站著，像一座飄浮在人潮的島。每一個人都經過他，每一個人都沒理會他。他的眼神向我擲來，好像在向我求救。

我向組員提議：「不如我們把鱷魚同學也拉入組吧？」

他們一臉鄙視地反問我：「要麼你自己和他一組？」

我沒有反駁他們，也沒有離開他們。老師說差不多了，所有人都應該分好組，最後在禮堂正中，鱷魚同學一個人站著，而我就好像在岸邊一樣，看著一座島嶼沉沒。

鱷魚同學看著我的眼神，彷彿在尖銳地鄙視——

友情，啊，這就是友情。

105

我與少年P之所以認識，完全是運氣使然。我不是說「我們遇上了真是很幸運」這一類老套的話，而是同一時間我很幸運，同一時間他運氣很差，最後我們竟剛好流落到同一個地方，互相因為幸運與不幸而成為朋友。

我對少年P的印象是，他每個動作的幅度都很微小，一舉手一投足，有禮而規矩，很難看見他會笑得彎下腰來，或者食飯時候突然伸個懶腰（抱歉，我經常這樣）。他的每一句說話後面都有一個問號，聲線很輕、時有猶豫。他總是微笑，是個非常斯文且令人感覺舒服的男孩。如果你偶爾經過大學圖書館，曾經見過一個托著眼鏡，在Apple電腦上打字，枱面上面放了一堆英文書，然後在喝一口咖啡後繼續看英文小說的男孩，那麼這男孩就是少年P了。

少年P的英文很好，他已經從頂級大學學士畢業，即使日常言談自信欠奉，但總會在某些瞬間突然展現出他頂尖大學畢業生的傲氣，讓人驚覺：啊！原來他很厲害呢。

正如一班裡面，有些人可能經常答問題，匯報很出眾，然後拿到一個「A」；但少年P卻是日常不太惹人注目的一類，但他最後會拿到「A+」，並覺得一切如常沒有特別。

當時我和少年P所就讀的，是全港排名最低的一家大學，為甚麼他會淪落到這裡讀教育文憑呢？依我後來聽聞，或許是其他大學的收生學位太少，也好像是某個科系的課程改動令他不被取錄，因而讓他輾轉流落到這地方來。

而我和他相反，我來到這裡主要是因為好運。我報讀教育文憑出於賭博心態，只求取得三萬月薪，於是我向每間大學各報一次名，但因我沒有教學經驗，最後只有最差的大學願意給我面試機會。可本以為教師工作應該與我無緣，因而抱著必死無疑的心情出席唯一的面試之際，考官卻問了一道我在職場期間進行過研究的題目，讓我誤打誤撞以專業級的標準答案應對考官。

直至開學之後，我發現每位同學都有過教學經驗，我落後別人的不安情緒才於心底蔓延，並讓我察覺自己存在於此，的而且確是運氣使然。當初那個早受抑鬱、焦慮、吸煙、酗酒等問題困擾的我，竟然坐到教育學系的課室裡面與其他未來教師一同聽課，說來真是社會的不幸。

我們能確切感受到的運氣，只有兩個極端：一是極好的、一是極壞的。正如流落到這裡的少年P，以及幸好被取錄的我。

可是我們對於運氣的主觀直覺，許多時候都不準確。我們當下感受到的幸與不幸，與我們事後回望的版本都全不相同。從結果論，少年P的惡運沒有阻止他日後成為教師；而我在面試時候看來的好運，卻引發了之後一連串的事。

我在面試遇到一條好問題的運氣，同時帶來我之後須要面對的一切打擊，可是同一時間正因我留在大學讀書，所以才能遇到大學輔導中心的漂亮姐姐，然後再被轉介到精神科去。積累多年的病，反而因為起初的不幸而好轉。時至今日，好的已經變成了壞，壞的又變成了好。

也正如我和少年P，少年P運氣最壞的結果是入讀全港最差的大學，但我最好運的下場，也是入讀全港最差的大學。可能是這種源於運氣的惺惺相惜之感，又或許是同一班上成績最好與最差的同學經常會創造出奇形怪狀的朋友組合的緣故，總之，我和少年P就此變成了朋友。

我再回到學校時已是十一月尾，大學一切都變得很快。

我和少年P走在往返學校新舊翼的大道上時，已經吹起冬天將近的風。我們經過圖書館，經過一條仰起頭就能看見整片藍天的小徑後，又鑽進另一教學大樓的隧道，再轉到另一幢教學大樓。

少年P穿著棒球外套，一隻手捧著Apple電腦，另一隻手拿著咖啡杯。那咖啡還是溫熱的，在冬日的下午冒著熱氣。

「你一直不回來，其他同學都怕了你！」他打趣地說：「只有我一個人敢跟你一組！」

「謝謝。」我說，「麻煩你了。」

「你到哪裡去了？」

「沒有啊。」我說，「哪裡都沒有去。」

我曾想過應否告訴他——我到過博物館，曾經遇過一對母子。我覺得那個女人很漂亮。關於別人母親的話題，我覺得他一定有興趣。但想到我一旦對他坦白了博物館遇見的事，我又可能要坦白到我幾天躲在家裡，看了精神科醫生，以及我在這間大學的輔導中心遇上漂亮姐姐了。

即便是最開始、最普通的一些趣事，只要往任何一個方向再延伸下去，我都可能觸及到我不應該讓他觸及的話，最後只能沉默。

「喂！你也太小氣了吧！」他罵。

「不好意思。」我解釋道，「我真的沒有去甚麼地方。」

「你沒要事吧？」他問。

我回答他：「我沒有事。」

大學九月時候迎新營還吵吵鬧鬧，到了十一月後，就一片寂靜；九月時候還穿著短袖衫汗流浹背，十一月尾就全都換上外套、毛衣、長靴；九月時候不斷出現的聚會，十一月便忙著功課。這裡的人習慣一切都很快。

大學學期的後半總是比較忙。可以優哉游哉的上半學期，在我不斷逃課之中無聲無息地過去了，剩下的後半，有功課、有測驗、有匯報，它們都正要排山倒海地來。

少年P可能以為我發生了一件不得不離開的事，例如家破人亡之類。可能他覺得再問下去也不得體。我從他的表情看來，大概他是以「他家裡應該發生了甚麼事吧」的假設，作為我沒有上課的原因。

前往課室的路上，少年P開始告訴我有哪些科目、哪些功課是我和他同一組的（即是全部）。因為當下他沒有手可以用（他一手電腦、一手咖啡），於是在教學大樓走廊的路上，他叫我打開電話，讓他看一次時間表。

雖然我們就讀最差的大學，但功課量也不少。他開始告訴我有哪幾科須要測驗、哪幾科須要匯報。論文的話，因為每一科都有論文，他叫我自己看著辦。

「因為真的太多份了。」他煞有介事地說。

他說匯報的題目已經擬定好，他說稍後會告訴我要做的部分，他問我分工方面有沒有意見。我當然搖頭。連學都不上的人，對於功課應該做哪個部分，還可以有甚麼意見呢？

他說很多科目都很簡單，測驗方面叫我不用擔心，至於匯報方面也沒有特別，就像讀本科時一樣隨便完成就好。我知道這句說話，一半意思是指那些科目真的很簡單；至於另外一半則是，他真是頂尖大學的畢業生，所以對他而言很簡單。

教學大樓的走廊很長，我跟著少年P足足走了五分鐘才到達最尾的課室。自學期開始的九月份起，這科目的上課地點已改過兩次，如果沒有少年P，逃課了這麼久的我很可能連課室都找不到，只能朝氣勃勃地搭車前來上課，然後垂頭喪氣地回家。

因為很久沒來上課，少年P帶我走進課室時，其他同學看著我的眼神都奇奇怪怪。也可能是我知道他們都不願意跟我一組後（我知道這是人之常情），我的心情又更奇怪了。

課室的最後面，有一扇窗可以讓人看見足球場。那個下午因為球場整修，於是從課室向外望時，只能看見一個個工人拿著水喉，向著綠色的草地灑水，水點折射冬日午後的陽光，它幾乎讓我以為冬天很遠。

我拿出筆記簿，開始記下少年P剛才告訴我的，那一大堆我未完成的工作，例如論文應該在甚麼時候提交，匯報是甚麼時候的事。當工作密密麻麻地排列開來，我看看日曆，才發覺自己以前讀書的日子，原來在一個月間做了這麼多事。

「這麼久沒來上課，習不習慣？」少年P問。

「好像不太習慣。」我說。

「那麼要習慣一下。」少年P笑笑說：「很快又到Deadline了。」

少年P問我下課之後有沒有空，他叫我一起去圖書館找資料。我的確是有時間的，至少暫時而言，工作方面我還在告假，沒有告訴老闆我甚麼時候會再回去；至於回家方面，其實不回家也是好事。所以我跟著少年P，又沿著課室回到新舊翼的大道上，走到學校另外一邊的圖書館去。

少年P肯定是個好人。可是他實在過於聰明，當時的我幾乎無法追上他的步伐。好像剛才的課，除了課室的同學、窗外的球場、少年P的說話，以及我必須要做的一堆功課之外，那裡還剩低甚麼呢？我其實一件都想不起來。

那已經是近晚的六點正了，大學的最後一節課都已結束。冬天的黑夜來得很早，夕陽已沒入雲間。圖書館的白色燈光、白色牆壁、白色天花，一切都很刺眼。

「剛才的課，我差點睡著。」少年P問我：「你知不知道剛才教授在說甚麼？」

我們在梯間對話，那回音很大。旋轉向上的樓梯，中間是個大空洞，我沿那空洞向上看，也向下看，確定四周都沒有類似教授的人物在時，我才敢說話。

「我也不知道。」我說。

「就是嘛！明明去看一看書也能知道。」少年P二話不說便罵，「為甚麼要坐在那裡呢？」

可能我們誤會了大家。少年P的不知道，是他認為教授不知所云；至於我的不知道，是我根本不知道發生了甚麼事。這是處於狀況內的，以及狀況外的分別。

少年P一手夾著電腦，我跟在他後面，昂頭看著他向上一步一步踏上去時，他回頭問我：「對了，你喝不喝酒？」

我在修讀教育文憑的班上，對其他人的印象都很模糊。這與他們的為人本身關係不大，可能他們都是好人，他們都願意微笑、願意向誰伸出援手。可是因為我已經長期不在，而且打從開始便與他們不熟，就算我本人毫無惡意，事到如今若要再與他們混熟，我都好像另有所圖。

我告訴少年P：「我很少喝酒。」

我覺得少年P是個很有趣的人。

如果班上所有人都會變成老師（不包括我），我覺得少年P是比較有趣的一類。對照我們中學時候的一些回憶，就是所謂「我記得他曾經教過我」以及「我記得他做過甚麼、說過甚麼」這兩者之中的後者。所以我對少年P的形象，也因而與其他人分別開來，留在這裡有個獨立的名字了。

「一點也不像，我還以為你是喝到天昏地暗的人。」少年P問我：「以前你住在宿舍，不會喝酒嗎？」

「很少喝，也不能喝得太多。」我如實告訴他。

少年P好像有點失望，「噢，是嗎……」

「好吧，還是有喝一點點。」他聽見我不喝酒後的心痛語氣，讓我亦心痛起來。

我很喜歡這位朋友。我很少把人叫做「朋友」，我怕在他面前介紹「喂大家他是我的朋友啊」的時候，他臉上會出現一秒的驚訝。即使只是一秒，那於我而言都已經夠折磨了，如果我把他當成朋友，但他卻根本不把我當作一回事的話。

這是一種矛盾。一方面有朋友向我走近，我好像理所當然應該興奮；可是我又擔心一旦與他熟絡，真正的我就要暴露人前，從此無法與他成為朋友。

好像一個紙板人偶，你站在遠處看我，我就是完整的、正常的，直到你站得近了（即使只是近了一兩厘米，或是站的角度改變一兩度吧），我都會立即變得單薄，而且樣子奇怪、不似人形。

「我喝醉酒的樣子很難看。」我跟著他，一步一步踏上樓梯。

「不要緊。」他對我說：「你本身也很難看。」

「好吧。」我回答。

我想這應該是禮貌性的回答，我並未認真考慮到之後真的會和他喝酒。

正因我凡事對他人隱瞞太多（儘管不少時候這些隱瞞都很有用，但有更多時候在傷害別人、傷害自己），許多事情我明明能夠事先交待清楚，好讓大家容易配合，但或多或少因為自負，以及我本人對於他人慣性的隔絕使然，我有不少應該事先坦白的話，結果都不能坦白。

例如我應該在匯報之前告訴少年P——自我開始吃藥之後（又或許是我喝了這麼多酒，並突然「暫停」喝酒之後），加上長期睡眠不足，我的腦袋是有問題的。

可是我又很怕說是「病」的影響。

首先是我很害怕別人說我博人同情，其次是我再多談，所謂「病」的影響也不會因而減少，可說是「既然無用，不如不談」的狀態吧。可即使我不談起它，也不代表它會消失，一場大病若能呼去喚來就很難說是一場病了。它的影響一直都在，而且時至今日在我人生的某個部分仍深深影響著我。

我的腦袋沒有損傷、沒有萎縮，而是我腦袋更裡面的地方與其他人不一樣了，腦袋本來應該牢牢捉緊的記憶，總是在不能預期的情況下突然斷裂。我因此失去很多微小的記憶。我忘記它們的時候，它們都不是「一大片、一大片」地掉落，例如我到過哪裡、做過甚麼，這些有大概畫面的事我都有印象。我只是遺忘細節，好像出門時候可能忘記鎖門，打開爐火後忘記關火，或是呆在火車車廂裡，看著路軌沒有下車。

如果只有日常生活是這樣，我還可以勉強活著，但自從再上學後，這些微小的失憶都釀成了大的災難，我可能忘記課堂、忘記功課，甚至連本來懂得的一些英文字的用法、拼寫、讀音都會撞成一團，最後甚麼都讀不出來。

圖書館很靜，五樓有很多書，全部都是英文，它們一本一本沉甸甸的、顏色深沉地在書架上整齊排列。關於我們要找甚麼書，少年P一早便決定好，他說有幾本書我們一定要看，有些是課程需要的，有些則是符合教授口味的。他問我有哪本書特別想看，我說沒有，隨他喜歡。他說只要我們把各自的部分看完，再整合成一份報告便可以了。

沿途少年P講解那些書有甚麼重點須要注意，匯報裡面應該有哪些部分，應該包括甚麼。我問他是不是事前看過這些書了，他說他只是看了幾眼「Abstract」，但有幾個部分應該一眼都不用看。他連這些細節都告訴了我。

「對不起。」我向少年P道歉。

他一臉茫然。

「我好像甚麼事情都幫不到忙。」

「你太誇張了吧。」他不明所以地笑了起來：「你還要看書啊。」

少年P提醒我要完成匯報的日子。我把它輸入到電話裡面，在匯報日設了鬧鐘，也在我們組內自訂的Deadline設了鬧鐘，而且在組內Deadline的前一日及前兩日也設了鬧鐘。我怕我會忘記甚麼，我不想拖累少年P，結果便是這樣，全部都是鬧鐘。

在我準備簡報期間，請容我從中插述幾件小事，好讓我談談當時同一時間發生的一切：

在我重回一個大學生所應有的生活軌跡後，我仍然有定期與輔導中心的漂亮姐姐見面，但到這時我們談的未有甚麼特別。我承認我有偷喝酒，但分量少了，以前加冰喝下去的Vodka啊、Rum啊，現在都沒有喝，只是多了一點清酒、一點啤酒，喝得沒以前急，也沒以前那麼烈了。

不過完全不喝酒的話，心裡總是不安，如果頭腦要冷靜下來，便不得不喝酒，當時我有這樣的感覺。漂亮姐姐對此意見不大，「我也沒要求過你一點都不喝。」漂亮姐姐說：「總之不要像之前那樣喝了，兩者有很大分別，你知道嗎？」關於漂亮姐姐，我想之後會再談起她。

至於我與瘦削醫生的覆診，因為我當時情況尚算穩定，而且我與他人的關係也不是吃藥所能挽回，所以他只問及一些我藥後的反應，以及生活的近況，隨之醫生決定我吃藥的劑量也是如常，沒有增減。

之後須要上課的日子我都有繼續去上，我總是坐在少年P旁邊，大概他是我當時唯一的朋友了，可是我們兩個人去喝酒的約定一直沒有實現。原因不是我不想喝，而是經過悠長的假期之後，我戶口的錢已所餘無幾。「沒有錢了，我真的沒有錢。」少年P對此表示理解，也沒多言。

隨之是我須要致電以前的上司，告訴他我想回去做兼職。結果一天下來，早上我如常上課，中午有時會去見漂亮姐姐、有時會見瘦削醫生，然後吃完午飯我便直接上班，直至再下班時已挨近半夜。

公司離學校很遠，我既無法到圖書館去，回家也不能專心，於是我就無處可去了，只能放工之後直接搭車前往海邊，去海邊看書（也就是我去見瘦削醫生的前一夜，曾經到過的那個地方）。

我很記得那裡只有幾盞微弱的路燈，所以我只能坐在街燈旁邊的長椅，而偶爾吹來的海風會翻亂書本，路過的每一個人幾乎都注視著我。起初想到自己的處境都會覺得可憐，可是習慣了後便沒有事。雖然至今未曾聽聞有人連「做功課」這樣光明正大的事都要躲到夜半的海旁進行，但我那年正因已從本科畢業（失去了宿舍），加上兼職的工資低微，令我幾近入不敷支，流落海邊也都是沒有辦法的事。

我不知道是因為來到海邊所以喝酒，抑或是我本身就想喝酒，所以才會來到海邊（因為頭腦不好，諸如此類的因果問題，我經常摸索不出答案來）。總之我的酒愈喝愈急，我像有一百萬年不曾喝酒，之後買來的酒又愈來愈多。好像一個傷口未曾癒合，一旦再度裂開，日後要再癒合也更困難了。

一星期之後，我把簡報 Email 給少年P。為了完成這份功課，我已經非常努力。

「坦白說，」少年P看著我的簡報說：「我覺得你寫得很差。」

就算只是他人的一個批評，都足夠令我想自殺死掉。那時的我，有很多時間都處於這種狀態。

我想談談少年P這句說話的背景。

少年P從電郵收到我的簡報後，便馬上致電給我，說我們明天一定要見一見面。即使隔著電話，那都已經使我非常不安：我是不是有甚麼做得不好呢？當夜我馬上把它打開，反反覆覆前前後後看了一個小時。

我問少年P，是不是哪些圖表不好看呢？抑或是我哪裡的資料用錯了呢？

少年P說：「明天再說吧，我要睡了。」

我說：「我可以重新再做啊。」

少年P說：「不用。」

我和少年P相約午飯過後在圖書館二樓見面，少年P一早在靠窗的位置坐著，窗外有一棵大樹，大樹在桌上拉出了很大的一片陰影，少年P就在那陰影裡面。他打開了的Apple電腦，上面是我的簡報。

「喂。」他喚我過去。

我在他旁邊的位置坐下。

少年P看著電腦，大約兩三分鐘左右，他保持沉默。

直至他問我：「那本書你真的看過嗎？」

我後腦的筋又繃緊著了，我在當時心裡產生了兩個構想：一，我的內容差勁，根本不像曾經看書；二，就算我真的看過書了，我寫出來的內容，都完全達不到看過書後應有的水平。

「我有啊。」我說。

「喔，是嗎？」少年P不以為然。

少年P在我寫的那兩頁上徘徊很久，不斷上一頁、下一頁的按著。他凝神看著熒幕，又好像甚麼都沒有在看。我想告訴他那本書我真的有看，希望他相信我，但好像沒有可能。

「我做得不好嗎？」我問。

我向他求救。雖然我用這個問法，看似是承認自己做得不好，但另一方面我也希望他會說出一兩句安慰的話，例如「不是不好」，這樣的話我就可以得以解脫。我希望不是不好。

少年P說：「不如這樣吧……」

這時候少年P已經承認，我的報告的確做得不好。一切沒有轉圜的餘地。我腦海裡回想起的，是我在海旁非常痛苦地完成的每一字每一句。我突然記起那些海邊的石凳的質感。石凳是不好坐的，坐得太久，屁股便會痛；還有啤酒，有時放下啤酒罐時，會看見石凳上有蟻。

「我幫你修改一遍，這樣的話，匯報出來的效果會比較好。」少年P把滑鼠的指標，指向整個段落的最後一隻字母。

「沒所謂啊，你改吧。」我故意提高音量「哈哈」地笑了兩聲，擺出一副沒有所謂的樣子：「沒有所謂啊。」

「哦，好吧。」少年P按下 Backspace。

去到這時，我的人生已經沒價值了。我的時間、能力，所有一切都沒有價值。我人生以來沒有一件事情可以得體地完成，連好看一丁點的成果，我都從來沒有。

「你把重點放錯了，寫得太冗長，有些部分不必說啊，它們都是作者的廢話。」

少年P沿著我輸入的每一隻字逐一改正。他在鍵盤上不加思索而敲出的每一句話都比我精準、簡潔。「還有，你的用色很醜，誰會用這種顏色啊？」

我連一份簡報都做不好，連廢物都不如，我對自己的嫌棄也愈生強烈。除了向少年P道歉，我甚麼都做不出來。「很對不起。」少年P每修改一隻字，我都再說一次，直至他叫我不要再說，那些「對不起」就一直在我心裡積存。

「會不會很浪費你的時間？」我問少年P。

少年P一直盯著屏幕，一眼都沒看過我：「做功課一向浪費時間。」

少年P停了手，拿起電話，看了一會，他回覆了幾個訊息，然後把電話掉開。他看著牆上的鐘，再看了一眼自己的手錶。少年P這些動作都代表時間緊迫，他之後一定有甚麼事情要做，可是他不好意思直接向我提起，所以才敷衍我。我覺得。

我真是浪費他的時間。頓時我臉上發熱，額頭都流汗了，我用紙巾抹去額上的汗時，才發現我不自覺地握緊拳頭，連手心也冒出了汗。少年P每修改一個細節（就算只是字體的大小）都使我無地自容。

「這份功課你沒時間做嗎？」少年P問。

「嗯。」我點頭。

「這樣不緊要吧。」

我不敢告訴他，其實我害怕自己的表現會拖累他，所以我把所有時間都用來完成這份功課。

如同我去海邊「做功課」這種好事一樣，有些好事即使光明正大，但到它們暴露人前，我還是會覺得不好意思，甚至感到羞恥。世上真是有一種好事會令人感到羞恥嗎？

有的，所謂「努力」便是一例。努力經常使我蒙羞。如果我不努力，那還可以推搪說是我未努力。但我今次努力了，而且努力得非常難看。這一份我用盡全力完成的工作，它展示的是我的極限，我用盡全力的極限就是這樣。

少年P把我的簡報修改好後，直接把我的幾頁刪去，再加入了他的內容。少年P

一面改，一面說：「你不介意的話，照著讀就可以了。」

他寫的內容比我好得太多，我沒有資格拒絕他的要求。即使是他沒有看過的書，他單憑我寫下的零散片段，以及對於其中所提及的理論的一些補充，他連總結一本沒有看過的書時都總結得比我更好。我看著那些不屬於我的字，少年P的天分，令我完全不敢提起自己曾經努力。

我與少年P再見面時，所有匯報已經結束，一個學期也完結了。

大學旁邊有一座山丘，山丘上面有一個球場，我一直跟著他走，走上樓梯、走過跑步徑，山丘有一條沒有車的斜路，我們向下走，穿過樹蔭，然後穿過沒有街燈的黑夜。離開山丘，我們到達了舊城區，那裡全都是破破爛爛的舊樓，偶爾有幾處被收地了，外邊全部圍著棚架，以及綠色的圍網。好像一座被冬天遺棄的城。

認為自己了解一個人，那是極之危險的事，這表示我認為自己的了解已經夠深，因而不會再去了解。我其實不了解少年P，例如這天我才知道：啊，原來他有女朋友，而且是個非常漂亮的女孩。

那天少年P的女友剛好來到我們大學，她說她要借書。本來他們會一起離開（理想當然都是這樣，不可能會有我在），可是這天少年P一早約了我吃晚飯，於是少年P提議，不如我們三個人一起吃。我知道她的女友不會喜歡，所以起初我便斷言拒絕，怎料她一句「好啊」便答應下來。機緣巧合之下，我便與少年P的女友見了面。

在那下山的斜路上，他倆牽住的手在晃著，我一個人走。少女一頭及肩的短髮垂著，剛好落到她厚重的頸巾上，我看著她白皙的額、她的眉，我好像可以從她的眼睛裡面看見自己。

她說話時的聲音很小，她的一舉手、一投足都那麼的輕：「他就是你經常談起的，不會去上課的同學嗎？」

少年P不禁竊笑：「是啊是啊，就是他了。」

希望你們不要介意，我叫她的女友做E小姐。這可能與我前度（D小姐）的名字有點相似，但我之所以想這樣叫她，其實是因為我第一眼看見她時，她竟然讓我懷念起D小姐來。不過由於「朋友的女友很像自己前度」實在令人尷尬，此後我一直不敢向人提起。

「是啊，是我啊。」要承認自己不去上課，的確難為情。但是的，那就是我，畢竟他們談起我的特徵時，這應該是比較容易記得的一項。我說：「但不上課不是甚麼光彩的事吧？」

少年P笑了笑：「我多麼不想上學。」

「隨時都可以不去上啊。」我說。

「你知道那些傢伙多瘋狂嗎？」少年P向我抱怨。我們談及的是，那些無論如何都會準時上課的同學們，「他們連沒有用的課都去上！」

E小姐聽見少年P去了上課，雙眼竟然閃過一陣不可思議的光：「真的嗎？今年的課你全都上了嗎？」

「除了這傢伙（他指著我），全班同學竟然每一課都去上，你知道我有多大壓力嗎？」

聽見他談壓力，我便很想笑：「喂！你這樣說，更大壓力的應該是我吧（我指著自己）！」

少年P沒理會我，繼續用佩服的語氣說：「到現在我還是覺得，你不去上課是對的。」他一再重複：「一點損失也沒有，一點損失也沒有。」

那天好像是少年P的生日前後，也好像是E小姐的生日前後，總之是有一點重要，但未重要到不能有我出現的日子，於是我就出現在他們之間。E小姐看見我的反應，好像聽聞我的事情聽得多了，久而久之看見真人，就會有種莫名其妙的興奮那樣。她笑得很美，特別是談起少年P日常如何談起我時，她也笑得更燦爛了。

E小姐告訴我：「他經常談起你，常常說你很搞笑！」

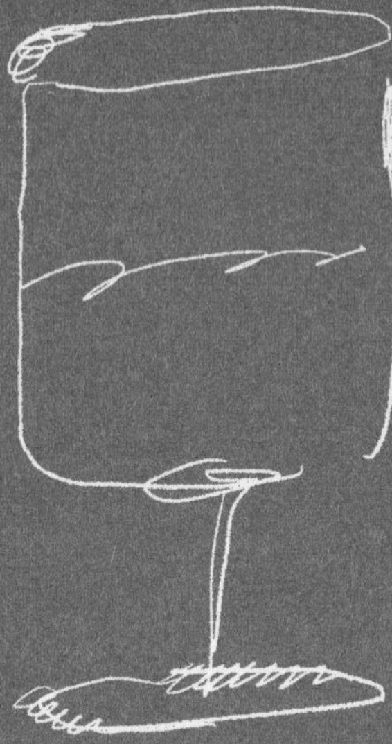

第五章

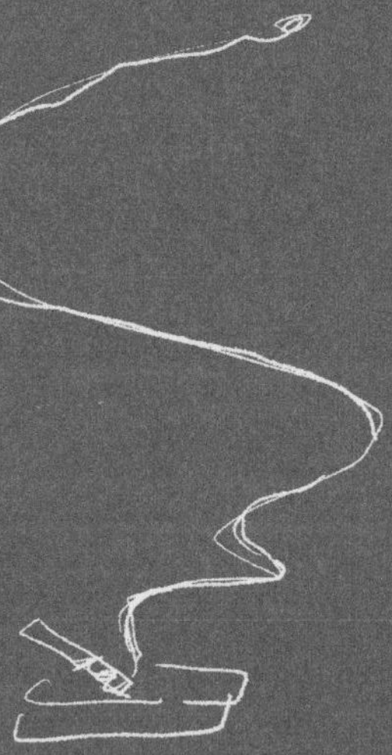

我對愛情，的確曾經有過憧憬。

我在中五那年曾經參加過一次學校舉辦的訓練營，當時訓練甚麼，已不記得。特別深刻的只是我與其他人都不相熟，心裡一直祈求到時沒有分組活動。

在當晚的分組活動裡面，我遇上了少女Y。導師要我們兩人一組，在漆黑的森林裡跟著螢光棒一直向前，直至我們到達終點。導師一面解說，我一直看著少女Y的側臉，我第一眼最喜歡她的地方，是紮起馬尾時，她的眼睛。

夜晚的森林沒有半點燈光。少女Y和我在森林的入口前面等待出發，並肩坐在山邊的梯級上，中間隔著一段可以讓人走過的距離。

「好像很可怕呢。」我隨便說。

她扭過頭來，向著我大叫：「當然可怕啊！」

導師告訴我們可以出發，是十分鐘後的事。起初我們以為只要穿過眼前的這幾棵樹，便會到達水泥鋪成的山徑，怎料我們跟著螢光棒愈走愈遠後，才發現這是一座真正的森林，我們並肩走著，愈走愈近。

她建議我要說話：「你找點話說說！」

「嗯……說甚麼啊？」

「隨便啦！」

「你喜歡吃甚麼？」

「壽司！」她近乎大叫。

然後我便靜了下來。

我習慣在幾個朋友之間說話，這種感覺與對著一個人說話時完全不同。我不必與每一個人真正地交流，只須要在他們話裡行間的有趣之處加以發揮，讓他們大笑，然後就不致被人排擠了。對當時的我而言，只有我對特定一個人說話的時候（例如我對著少女Y），我才會感到這是真正地與人對話。

我將我前生「真正的」說話的總和，幾乎都用在那森林裡面。我們談起學校的校規、最麻煩的老師，還有一些關於風頭躉的壞話……她對於學校的了解，比我多出幾倍。在那樣的夜裡，我第一次與女生有過這樣的往來。

她突然拉住我，「真是這裡嗎？」

一塊約莫一米半高的大石，聳立在我們面前（又或許是幾塊大石，當夜太黑，已看不清）。大石上有一枝螢光棒，我叫她看看，這樣她才信服——我們真的要爬上去了。

「你爬到嗎？」我問她。

「應該可以……」她也不肯定。

我按在那石頭上面，在石頭的四周摸索，確認我可以爬上去後，才抓住了它，借力而上。可是手在石邊，便滑了下去，頓時手掌感到赤痛，幾塊碎石掉落地上。

她在大石下面問我：「你有沒有事？」

「這裡有點滑，小心一點。」我怕她像我一樣會劃到手，於是伸出手，叫她捉住我。

就在我用力握著她的那一秒鐘，我感覺到她手的溫度，像秋風一樣有點冰冷。她借力跟著攀上大石，我本想向前走了，她卻拉著我，捉著我手腕，逼我把手攤開。那是我第一次碰到女生的手。

「你真的沒有事嗎？」她驚訝地問，一面玩著我的手指。

我的手上滿佈細沙，但我用力握緊拳頭，還有知覺，所以不太擔心。

「沒有事啊。」我收起手。

她把我的手捉了過去，又逼我攤開：「沒流血吧？」

她對我如此緊張，我也跟著緊張起來。手掌剛才或許有輕微擦傷，但我感覺不到手上有血：「應該沒有吧？」

她對我萬般叮囑：「有事的話要告訴我！」她又更加用力捉住我的手腕。

或許因為我們都看不清楚對方，所以她對我說話時，我們靠得很近，甚至近到我能嗅到她的髮香。我們之間只有深夜的淡藍，我可以看見她的眼睛，在那夜裡泛著溫柔。

我答應她：「如果我有事的話，一定會告訴你。」

當時林間四下無人，因此我心跳的時候，完全不能分清我是突然愛上少女Y了，抑或只是對周圍未知的一切感到緊張。那個秋天我已經忘記了好幾年，總之，我可能愛過人，只是記不起來。

E小姐的事，少年P不曾向我提起。或許是男人之間很少談及自己女友的緣故，加上少年P的電腦是預設的桌面，手機也是，社交網絡他很少更新，日常很少拍照——我對E小姐的存在，幾乎一無所知。

我們前往的餐廳，好像那些開業多年的麵館，外面是破舊的牆身、滿佈水漬的玻璃，但它裡面卻是吃日本菜的。那裡燈光昏暗、牆身如死的灰白，天花板的老舊風扇掠過吊燈燈光，在我們面前畫出一頁一頁的影。

七十元一個丼飯，一百多元一個刺身拼盤，雖然裝修非常不好看，但這餐廳在大學裡面風評很好。可能是少年P知道我沒有錢，所以他才會找到這裡，和我一起來吃飯。

「我們終於一起喝酒。」少年P提起清酒瓶，把酒倒進我的杯內：「你大概忘記了吧。」

在學期完結之前，我們曾在圖書館內談起喝酒的事。即使隔了這麼久，我還是記得他曾經邀我喝酒，只是我在那之後都沒有錢。

「我在那之後都沒有時間。」我微笑道。

「你知道嗎？我足足一年沒有喝酒。」少年P告訴我：「畢業之後來到這間學校，我都不好意思找舊朋友。」

E小姐看著少年P，那一眼像定格了十年。E小姐偷偷看了我一眼，但她發現我也正在看她，她的視線又縮了回去。我低頭吃飯，少年P為我斟了酒。

「然後很少有人和我喝酒。」少年P說。

「我現在也很少喝酒。」我回答他。

他懸著握著酒瓶的手，清酒已經倒完。「喔，現在。」然後又揮手把老闆喚來，換了一瓶新酒。

「我真的不能喝太多。」我告訴少年P。

少年P呆著，酒杯只及半滿，他便收手回去。「你不像不喝酒的人啊。」

「喂——」E小姐碰著少年P的手肘，她壓低聲線：「你不要喝那麼多了。」

「不過是一次半次罷了！」少年P沒理會她，又把酒倒進了自己的杯。他問E小姐要不要，E小姐別開了臉，沒理會他，然後用筷子大力夾著魚生，掉進自己的碗裡。少年P又喝一杯，然後又把酒杯斟滿。他把清酒瓶放到耳邊搖晃，確認裡面還有酒後，他才放心下來。

少年P的臉頰通紅，E小姐繞著手，視線一直停在少年P的酒杯上，一眼都沒離開過。他們一起的每個交流，都讓我想起了很多往事。

「我可不可以談談前度？」我說。

他們一臉好奇，本來凍僵的氣氛突然緩和。當只有我和少年P時，我很少談起自己（現實是我根本不會談起自己），可如今突然來了一個女人，以及面對著一隻酒鬼，我卻可以談自己了。

「可能因為冬天，我忽然想談起她。」

也可能因為我們要等到喝了酒後，才能談起自己。

「好啊，我也沒聽說過你有前度。」少年P變得迷迷糊糊。

E小姐的眼睛裡面，是清醒的無盡的惘然。在這樣的舊城區的餐廳裡，收藏了人所共知的祕密——我們都不發問，我們只是透過發問，然後談起自己。「你知道嗎？」正如在某個喝酒的晚上，只要有其中一人這樣問了，那就注定一整晚的時間，焦點都要落到發問者的身上。

關於我的前度，我謹慎地選擇了可以提及的部分。由於不想在吃刺身的晚上講及吃藥、家庭、自殺等沉重的話題，因而我挑選了可以輕易轉述的事，例如分手。世上還有哪一件事可以比分手更輕呢？只要一分手，最初的承諾怎樣莊嚴都轉眼即逝。

「總之從結局來說，我們分了手，而且分得非常突然。」我微笑。

「為甚麼呢？」E小姐問。

少年P打了一個呵欠。他很盡力地用手掩口，用力想把呵欠壓下。他不想被人發現，但我還是看見。

這個時候如果我要故作偉大，我就須要告訴她「我不能給她幸福」、「和我分手後有更美好的未來」以及「未來找個更好的男友」，諸如此類。但我與D小姐分手的原因，最根本的還是酗酒，以及我生而為人的自暴自棄。

「因為我不能給她幸福。」我回答E小姐。

「她做錯甚麼了嗎？」E小姐凝視著我。

「沒有，她甚麼也沒有做錯。雖然現在再說甚麼都沒有用，但真的，她甚麼也沒有做錯。」

「為甚麼你要代替別人選擇甚麼是幸福呢？」E小姐質問我，但她質問的，可能又不是我。

我從E小姐的眼，看見她正看著我背後窗外的街景，她好像在想著甚麼。我們只是初次見面，未熟絡到可以問她「在想甚麼？」於是她在思考，我就看著她在思考，那時我才發現她的眼睛真的很漂亮，像D小姐一樣漂亮。

當夜E小姐清醒得令人想問她喝不喝酒。她穿著的高領長袖上衣，也吸引著我看她的胸部。少年P的醉意我前所未見，甚至與他在圖書館裡找書，以及在幫我修改文章時的模樣都全不相同。他一喝了酒，就變成一個我從未見過的人。

我向E小姐解釋，關於我不斷分手的事：「就是突然覺得——我不值得別人愛了，然後就推走身邊所有的人。」

我唯一坦白的方法，是喝酒。我希望世上沒人記得我曾交付真心，就算最終是我被騙，我都希望自己可以用醉酒解釋。我只是喝醉酒，所以才會跟你們說這樣的話。我忽然看見自己的可悲。當所有人都清醒時，我無法談起自己，只有當所有人都喝醉酒並甚麼都不會記得時，我才可能好好坦白。我想告訴他們，我很想死。

「為甚麼隨隨便便就說分手呢？」E小姐問我。

少年P為我辯護：「我想你也不是故意的。」

E小姐反駁他：「故不故意都是傷害她啊！」

我向他們道歉：「對不起。」

他們異口同聲：「我不是說你。」

我正在說話，他們回應我了，為甚麼他們不是說我呢？隨之氣氛又凍得更僵，他們都是好人，但好人也是有心事的，因此也會「各懷鬼胎」（中性詞）。來到這時，我或多或少可以知道——少年P和我是同一類人，因此像我一樣曾經不斷提出分手的人，大概是少年P了。

「你知道她們都不好受嗎？」E小姐問。

我不知道她是問我，抑或是少年P，但因為少年P久久沒回答她，於是我把她的問題，當作是對我的發問。

「後來我知道。」我回答道。

人類問問題一般有兩種目的。一是希望透過問題了解別人，例如你喜歡怎麼樣的女人呢？你們過去是怎樣分開的？透過這些問題，發問者會對被問者有更深入的了解。起初我以為E小姐是這一類。

但在少年P與我是同一類人的前提下，E小姐的目的並不是了解我，她只是想了解自己的苦況、自己的處境。因此即使三個人坐在一間餐廳裡面、同一張桌子面前，我們即使吃著同一盤刺身，喝的是同一瓶酒，我們對別人發問時，正在了解的還是自己。

「一想到別人，簡單的事情都會變得非常痛苦。」我對E小姐說。

我們的話題開始變得虛無飄渺，前前後後沒有邏輯線索可言。少年P突然站起身，說想出一出去。那時我才知道他會吸煙。我看著他步出餐廳，走到馬路旁邊的欄杆前，點起了煙。

E小姐對我說：「他以前不吸煙，我不喜歡他吸煙的樣子。」

我點著頭，「哦……是啊？他以前不吸煙嗎？」我不以為然。承接著我的問題，E小姐如常談起她和少年P之間的事，但具體內容，我記得的已不太多。

「可不可以給我你的電話？」我問E小姐。

見過漂亮姐姐，看了瘦削醫生，我好像好了起來。但實際上，我身上的確有些甚麼在每日惡化。如果少年P和我是同一類人，我想他也一樣，完全不會介意有人問自己女友的電話號碼。

那是一個醉後的混亂的夜，此後我和E小姐一直保持聯絡。因此如你們所見，我的「不幸」絕對有自招的部分。

新年的假期之後，我便要到以前的中學實習。香港修讀的教育文憑都這樣，需要在冬天過後的三月，來到某間中學的某一個班房裡面去教一班學生。可能他們都不太正常，好像少年P、好像E小姐，也好像我，好像我們每一個人。

在我正式到中學實習之前，我曾經約會過E小姐。本來只是抱著「試試無妨」的心態，可是她答應了，而且約會過程遠比想象順利，這反而令我更加不安。我不知道是我利用了她借來溫暖，還是她利用了我刺激她的男友，總之我們約會了，過了頗為愉快的一天。

我約會她的理由，是我須要為學校實習買些得體的衣服，雖然沒有她在我也可以順利買到，但我以「想聽聽女生的意見」為由，隨之帶她走到假期時熱鬧的商場裡面。

我們都害怕人潮。「不如我們轉彎。」在我們遇上一條塞滿人的通道時，她這樣說。這時我便這樣覺得。

「覺不覺得多人的地方很可怕？」我問她。

「覺得啊！」她附和道，「如果不是買衣服，我也不想逛商場。」

「我也很害怕人呢。」

「你不像。」

「所以我才會害怕。」我說。

我的意思是，我害怕的是「人」的本身。為了在人群顯得正常，不至於低頭到處迴避他人的目光，對於怎樣才有禮貌，怎樣能顯得得體，我都經歷了不知多久的練習……而E小姐的「害怕人多」，卻是典型的「害怕人多」。這是她對我的一點誤解。

例如我們走進Uniqlo時，她可能很討厭貨架之間的擁擠、局促，以及到處逼滿在照鏡的人。但我害怕的是人的目光——我剛剛翻亂了一件摺好的衣服，不知道店員會怎樣看我呢——雖然這是店員的工作，甚至他也不可能記得每個進來的客人，但我記住了自己。每次重新看見我曾翻亂的位置時，我都對店員的目光感到心虛。

E小姐拿起眼前的襯衣（她完全無視它原本摺得整齊的狀態），問我喜不喜歡。她說這件襯衣的感覺和我很相似。那是一件淺藍色的襯衣，質地不算厚，顏色柔和讓人感覺舒服。

「我也覺得很漂亮。」我說。

然後我疑惑：「但不會像我吧？」

「這個顏色挺好看。」

E小姐提起襯衣，放在我的胸前，她側著頭看著衣服，我看著側頭的她。我想，作為一個已經有男朋友的女人，把別人店鋪的襯衣放在我的身前，這樣好嗎？特別是她的雙手在我肩膊前面的時候，竟讓我感到她的溫暖。我知道這是很普通的交流，起碼比做愛疏離，但我不肯定我們是甚麼關係。

我結了賬，帶走了衣服，也帶走她。我們在街上走著，她指著甚麼便可以談起甚麼，好像有永遠說不完的話。我們從衣服談到我未來須要實習的事，再談起我以前的母校。我說那間學校我好像有一百萬年沒回去了，因為沒有甚麼可以回去的理由，我也不想隨便走進隨時須要與人交談的環境。我問了很多關於她的事。那才知道她以前讀書的時候會做很多運動，例如長跑、例如跳高。

商場與巴士站之間有一段路，到了晚上我便送她搭車。商場外牆大型燈牌的光芒，照見了她的側面（往往我喜歡一個女人，都會有一道光從她的側面而來），也就是這一道照在她眼珠的光，讓她看起來好像在哭。我經常被看起來很想哭的女人吸引，可能同病相憐。

我們到達巴士站前，然後對望著，忽然之間我不想她走，於是我問：「可不可以再陪我逛逛？」

我們不知道要走到哪裡，但她答應了，我們便一直走，連我亦感到詫異。她和我認識的第一天，甚麼也沒拒絕過我。

路上我們談起自己的過去，好像自己曾經拍過的拖，認識過的很多人，以及遭遇過的許多不幸。我依舊只告訴她我可以告訴別人的部分。她也一樣。我們避開所有與「那個男人」有關的情節。即使有很多部分都不可能與他無關，但我們都像在食物裡面挑芫荽一樣，在每一個細微之處避開了「他」。也就在當夜，我開始把不能告訴別人的事也告訴了她。

「你知道嗎？我是有問題的。」

我其中一個問題，就是當我不喜歡一個人，我會展現自己最好的一面，因此過去的確有過不少我不喜歡的女人會喜歡我；但到我喜歡了她，我就會想告訴她我有甚麼缺點，不想有任何隱瞞，讓她以此認識真正的我。因此也有很多我很喜歡的女人不喜歡我。

「你有甚麼問題呢？」E小姐問。

我和她並肩坐在公園裡面一棵大樹下的長凳上，我們背後有很多架汽車駛過，但我們面對著的方向，除了很多張空蕩蕩的長椅、破破舊舊的路燈，以及很多棵大樹之外，甚麼都沒有。

「例如社交焦慮？」我暫時先告訴她這一樣。

我用了些少時間去想例子，於是我我告訴了她剛才 Uniqlo 發生的那一堆小事，然後她一臉詫異：「你說真的嗎？」

「我說真的。」我點頭。

然後她爆笑起來。

「你平常都這樣追求女生？」她一隻手難掩大笑的臉，一隻手拍打我的手臂：「甚麼鬼啊！」

我與別人之所以能正常交談，都建基於我持之以恆的練習，但又因為過於熟練，所以到了某天我真的很想某人相信我不喜歡與人交談時，反而變成了別人的笑話。

「你說你嗎？」她詫異地問，與過去其他人的反應也很相似。

「是啊，是我。」我告訴E小姐。

那天她戴上的白色頸巾，有一剎那讓我以為香港下雪。她的圍巾很厚，所以她的頸和下巴幾乎全被圍著。可能因為我的表情認真起來，所以她便相信我是認真的。

至今為止，我依然認為她是相信「人類」本身，而非相信著我，因此每當我再記起那夜的E小姐時，我依然有著異常可怕的不真實感。

「那即是甚麼？」E小姐問。

我們剛才談到社交焦慮。

「簡單來說就是，『猜想別人在想甚麼』？」我不能肯定她能否明白我的解釋：「當然也有很多人會猜想別人在想甚麼，但我的問題是，我太重視那些猜想，而且用了太多時間去猜想。」

「這樣算是病嗎？」她接著問。

「我也不知道。」我回答道。

我知道我有吃藥，但對於重視別人想法的這一件事本身，真是可以構成病嗎？我自己不敢肯定。「不過，我的現實生活的確被影響了，而且影響很深。」

「我沒想過會有這樣的病。」她托著下巴，忽然感嘆起來。

我附和她：「世上還有更多更奇怪的病。」

「這病會有甚麼影響嗎？」她皺著眉問，好像問我癌症會有甚麼影響一樣。

我思考了很多關於這一個病的影響，但總體來說其實影響不大。「它只會影響我與別人的關係，其他事情一切如常。」我告訴她：「只是世上到處都是人。」

「對啊，世上到處都是人。」

我在這悠長的沉默當中，嘗試確認這算是怎樣的沉默。我不知道她喜不喜歡別人沉默不語，所以我偷看了她的眼睛。有很多人會把不說話的場景叫做尷尬（特別那天是我與E小姐的第一次約會），我很害怕她會這樣覺得。

「那麼你覺得我在想甚麼？」E小姐問。

「你覺得尷尬？」

她竟然認真地想著，好像想了幾秒鐘：「應該不是吧？」

「是嗎？」反而到我覺得難以置信。

「那麼我在想甚麼呢？」E小姐連番追問，眼裡莫名閃過一股希望讓人了解自己的渴望。

「好吧，我不知道。」我放棄。

我們用著這種奇妙的模式，談了一整天的話。E小姐與D小姐的外貌很相似，她們的眼睛都很好看，樣子很漂亮，說話的時候很溫柔，笑的時候很甜。但她們現在慢慢地分別開來，好像世上的女人都分成兩類，一類是E小姐，一類是其他。

我喜歡E小姐說話的方式、她開展話題的速度，以及她把襯衣拼在我身上時的一舉手、一投足，她都是E小姐，而非其他人。

「我真的看不出你有這樣的問題。」她說，「我覺得你很正常。」

這可能算是我的成功，也是我的失敗。「如果我顯得不正常，到時各式各樣的人都會覺得我有問題了，我的生活也會非常難捱。」

「想不到你會告訴我這樣的事。」E小姐說。

「我也不知道為甚麼。」我頭腦不好，經常都不知道為甚麼：「總之我想對你坦白。」

「你不怕我害怕你嗎？」

「怕啊。」我承認，「但我若欺騙了你，那對我又是一種折磨。」

「應該沒有騙子會說自己騙人？」她反問。

「希望吧。」我回答她，卻想起D小姐以前也曾這樣說。

我們身後是一棵榕樹，它的鬚根幾乎及地。馬路正中的路燈穿透榕樹，把它的影，以及我們的影都照到我們面前的地上。

「你之後不是要去當教師嗎？」

我點頭。冬天一過我便會去實習。我會一本正經地教書，那真是非常滑稽的事。特別是未來的某天，可能我的學生會突然發現他們的老師是個晚上酗酒、每天吃藥，然後週日會去約會別人女友的男人。

「是啊，之後便去實習了。」我指著今天和她一起買的襯衣：「所以才要買件襯衣……」

「那不是要面對很多人嗎？」她一臉擔心地看著我。因為那是個無光的夜晚，我們貼近得幾乎可以親吻，以此方便看見對方的臉。「到時候你怎麼辦？」

「我也不知道。」我微笑。

「會不會出事啊……」她竟忽然真的擔心起來：「如果你有那樣的『病』的話……」她說到病字的時候，語氣也特別的虛浮。

我在她的耳邊開玩笑：「到時我便自殺吧。」

她愣著。

「不，我說笑的。」我把身體靠後，遠離了她。我大笑著說：「我真是說笑的！你不要太認真！」

如果我一旦對她認真，而她不過是找個人來玩笑，到時我一定會難以接受。因此我不可能對她認真，只要我一直說笑，那麼我說的一切就何時都不能當真。所以我用盡力氣去哄她笑。

我在巴士站前看著E小姐搭上她要搭的巴士，那架車上只有很少乘客，她在下層向著尾端的座位走去時，我們的確有過一兩秒鐘是對望著的，但隨巴士開走，她也終於在我眼前消失。

在我把E小姐送走了後，我繞了遠路，決定徒步回家。路上我經過一條河，我看著河上波紋所反射的對岸的光時，我維持了一整天的微笑像癱瘓似的倒塌了下來，我忽然覺得光是對岸的，沒有我的事。

接著我在河邊的一家便利店買了酒，我和E小姐的約會不是不快樂，我還記得她把衣服拼在我身上時的溫柔，以及在那大樹下我們能夠靜靜地聊天的那段時光的美好。不過我還是喝了酒，我是感傷自己對著不同的女人又做了一樣的事。

我即將要到中學實習，而漂亮姐姐所屬的輔導中心本來也是大學設施，它們同樣只在星期一至五開放（然後晚上便要關門），所以在我實習期間，根本無暇與漂亮姐姐見面，因此如無意外的話，我下次再見她時，我的實習應該已經結束。

至於我與瘦削醫生的見面，卻依舊沒有特別。那裡的好處是即使星期六日也會如常開放，我可以如常預約、如常地來。我依舊喝酒（隨著事態發展，酒癮亦愈趨嚴重），所幸是身體狀況仍未明顯變差，因此我會被判定為「情況穩定」，而且藥的劑量如常，這一點我也能理解。畢竟對著瘦削醫生，我還是隱瞞了自己再次喝酒的事。

「隱瞞」嚴格上說並不是病，至少我們在《精神疾病診斷與統計手冊》上，不會發現一種叫做「隱瞞症」的病（起碼我本人不太察覺）。可是從主觀的角度看來，我連面對醫生竟也隱瞞病情，若將之視為病態其實也不誇張。畢竟它背後意味著的，是我根本知道自己有病，但連自己也不想治好，甚至在看著自己日趨轉差時，亦再次萌生「我的情況終於夠差」的念頭。

這樣重重複複、去了又來的想法，連我如今再寫也覺得不好意思——「非常抱歉，我好像不能康復了，請你放棄我吧」——當時在我腦海裡面的，全部都是這樣的句子。我隱瞞是為了甚麼，我不知道。隱瞞瘦削醫生對我肯定沒有好處，假若當時我有對他坦白，他也理所當然會為我增加劑量，之後一堆荒誕無稽的事情也不可能發生。

如果人生是無限個寫著「好」與「壞」的分岔路口，當時我總能向著「壞」的方向走去，沒有原因，總之這樣。

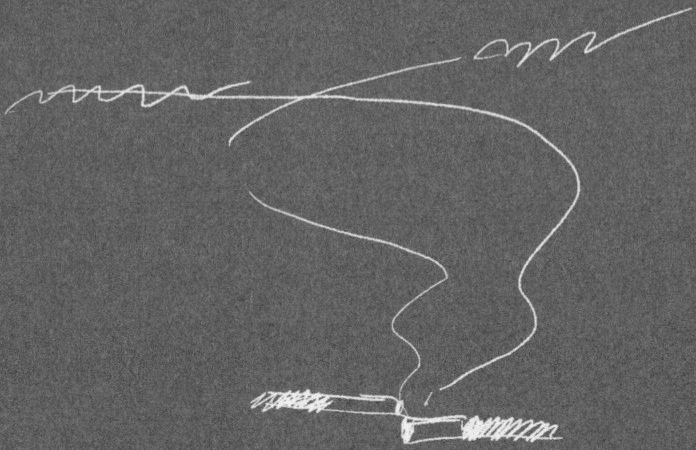

第六章

我的人生，很多事情都在大學那幾年發生。

二年級時我曾經有過一位左手有點跛的女友。因為她害怕他人的目光，以及我害怕他人對她的目光，所以我們都答應對方，「如非必要的話」，這段關係就不公開了。

我和Q小姐在冬天認識，我倆每次見面都包到像糉一樣，所以她的手臂是粗是幼，我不知道。終於冬天過去，她突然來到我的宿舍門外，眼裡盈著一眶眼淚，說有話要告訴我。

起初我以為她要向我提出分手。

「我的手臂，是這樣的。」她告訴我。

Q小姐來了我的房間，關上門，然後拉起她的衣袖。她正式告訴我關於手臂的事——自她出生以來，她左手骨頭的厚度便沒再跟上肌肉的生長（大概這樣吧）。因此她左手手臂的骨頭，一直比其他人幼。

當時我捏了她的臉，我不知為甚麼會這樣做。

「我不會因為這種小事不喜歡你。」我對她說。

「不是。」她對我說：「我只是不想你不知道。」

她捉著我手，把它放到她左手手臂上，叫我捉住它。她的手臂很冷，別人手臂上本來該有一塊肌肉的地方，在她身上消失了，甚麼都沒有。

「你會害怕我嗎？」Q小姐問。

我也不肯定，「應該不算是害怕？」我不想說她奇怪，說她特別也是廢話，我只能告訴她：「原來我一直沒有碰過你的手臂。」

我倆坐在牀邊，這是我第一次坐在她的左面，談了這麼久的話。她向我列舉了很多生活沒有左手的不方便：「每次出去，我都不會讓你牽我左手……還有我拍照時候會用右邊身體對著鏡頭……出外吃飯，我不想吃要用刀切的東西……」

她再三向我確認：「你真的不覺得我的左手很奇怪嗎？」

我捉著她的左手：「你會不會痛？」

「痛是不會。」Q小姐哽咽著：「只是不敢向人提起。」

「如果你不告訴我，可能我一輩子都不會知道。」我向Q小姐再三保證：「完全不覺得奇怪。」

怎料Q小姐嘩的一聲哭了起來，我讓她靠來我的肩上，我輕輕地問：「怎麼了？為甚麼哭啊？」那個下午的蟬叫，是我聽過最漫長的。

「我可以在你面前穿背心了。」

我拍拍她的頭：「哈哈，我也很期待看你穿背心。」

那是我們拍拖之後，第一次甚麼也沒有做的，貼得那麼近地聊天。當然貼得那麼近總是有的，但每一次我總不能安定下來，好像最終都會摟住她、親吻她。

「我們一起之後，好像沒試過這樣聊天。」她說。

這個時候，好像我也應該和她交換甚麼祕密，但是我的祕密啊，到了要交換的時候，又經常一個都交換不出去：「對不起。」她又疑惑為甚麼我要道歉。「我經常不想談起自己的事。」

宿舍窗外的黃昏褪成一筆淡黃的線，我們從牀邊望向窗、望向舊城的矮樓、望向山腳、山背，當所有人都沉默著，我們可以看見雲在飄遠，雲飄走的速度比我想象中快。我想起一件事。

我要是在她面前裝作開心的話，我會連最後一片可以傷心的淨土都失去。但到我真的傷心，她也會覺得很累，她會覺得是我不喜歡她，所以和她一起才不開心。

「和你一起我很高興。」例如她寫給我的生日卡、她買給我的頸巾，我以前從來沒有收過這些東西。「只是我本來就這樣，即使在某些時候看見我，覺得我很高興，但我其實很痛苦。」

「痛苦甚麼呢？」她問。我們並肩坐著，我覺得她像我的朋友，而非情侶。我和情人不曾談過這些話。

如果一個女人不愛我，我希望她會愛我，但到她愛我了，我希望她會恨我。我的殘缺與她的不同，這是一種類似腦部的殘缺。因為每天都想死，所以希望她會憎我，憎恨到她會為了我的死訊而高興的話，這便好了。

「很對不起。」我向她道歉。

我本來想告訴她我也有殘缺的部分，如果可以的話，希望我們可以一起康復，這可能會浪費她一點時間，但我真的愛她。不過為了她好（所謂我覺得的好），我更不認為自己值得讓她花費心力，花費時間。最終直到我們分手，她還說希望我會找到一個令我幸福的人。

Q小姐是我一生所遇過的女人中最特別的，但還是和其他女人一樣，我們分了手，沒留轉圜的餘地。

Q小姐現在過得很好，她的男友很照顧她，他們一起住，一起養了一隻貓。這些近況我是在她的 Instagram 上看見的，那是一幅她用手抱貓的照片。她的左手手臂上多了一道以前沒有的疤痕，但她現在抱得起一隻貓。

早在中學時候，我已生性孤僻，始終無法與某個老師特別相熟，從此離開了後，也失去再次回來的必要。我再回到這裡，已是七年之後。

我以頂級的成績從小學升上初中，但卻因為成績太好，不幸被編進太好的中學，從此踏入轉走下坡的開端。因為家庭教育的關係（我的父母都是文盲，他們對於讀書一竅不通），以及我被小學過分容易的考試誤導，再加上我自以為是的性格，我此後的英文成績從未進步。到我知道一句英文句子基本上只可以有一個 Verb 時，我已經中六。

總之因為種種原因，中學之後的英文教科書我已看不懂，而且在英文中學讀書，即使我的數學邏輯尚算不俗，但到考試時候連數學科的題目也變成了閱讀理解，最終整體成績都受我的英文拖累。就在這些層層疊加的因素之上（當然最重要的，還是我的懶惰），我的成績自此一落千丈，過去唾手可得的自信，直到當時已經消失無蹤。

過去自信的支柱無可依靠，加上升至初中的頭幾年，我連朋友也不太多。那種年紀明明男人都會三五成群地去網吧打機、去球場打球。我確實羨慕可以在籃球場一起打球、一起吃宵夜的兄弟之情，但是我與男人，就是無法好好談話。就算只是玩電腦遊戲，我也往往花費太多時間思考，最後變成不適合與人遊玩的那一類人。

所以在中學的頭幾年，我的朋友大多數是女人，當中不乏長得好看的少女，但因這種情況大多時候發生在同性戀者身上，我與男生的距離於是愈來愈遠——我沒有歧視的意思，雖然我本人非常喜歡女人，但我想表達的只是：我從我中學生活的狹隘觀察看來，早在初中時候便經常與女人相處的男生，或多或少有點女人的特質。

能夠與漂亮的女生外出，是許多男生夢寐以求的事，但這亦讓我陷入非常難堪的處境。我不屬於任何一個圈子。我可以與朋友群A一起遊玩，也可以與朋友群B一起做功課，她們對我很好，即使我「左右逢源」也顯得沒有所謂。可是一旦兩群女人吵架，我夾在其中，就同一時間不屬於A或B了。好像班上有很多個人圍著很多個圈，但從來沒有一個圓圈會預留位置給我。

等到下課的鈴聲響起，我便會收拾書包，躲回家裡開始玩一整天的電腦遊戲。那個叫做母親的女人，她會歇斯底里地罵我，罵我不長進，只顧玩電腦，又不溫習，成績又不好，諸如此類。可是叫做爸爸的男人，他卻坐得很遠，一直坐在沙發上看著電視。電視傳來娛樂新聞的聲音，直到他們要吃飯了，他們便會吃飯。我與他們完全無話可談。

我的父親不知道我今年幾歲，甚或當時我正就讀中學幾年級、考了甚麼成績，中四之後我修讀甚麼科目呢？他一概不知道。當然我也不知道他的事：為甚麼他會在這裡出現、他具體是做怎樣的工作、他的生日、他的興趣、他的過往，我全不知情。

我以為所有家庭都是這樣——爸爸媽媽面目模糊，有人會煮飯、有人會罵人，然後甚麼都沒有——直至我從友人口中聽見他們談及父母親時，我才感到非常震驚，他們竟然知道對方的生日！我的孤僻，大概不少源自他們。

綜上所述，我性格孤僻加上學業成績差劣，老師或多或少害怕我會自殺，或是患上抑鬱之類的奇難雜症，因此經常叫我去參加奇奇怪怪的活動，負責一堆奇奇怪怪的事。其中一件，便是學校禮堂的舞台燈光。

中三那年我遇到一件小事，但它很快便在時間裡面憑空消失。直到一切結束，所有人就沒再把它當作一回事了。

我在學校禮堂，認識了一位女生。

她是一個跳舞時候非常動人的女孩，她個子不高、短頭髮的，經常用粗口罵老師、罵男生，有時會用力打別人的手臂。她在中二級已是有名的女惡豆（她矮得像一粒豆），但我最記得的還是她的虎牙，我覺得她是卡通裡面跳出來的，因此自我第一眼看見她，便對她懷有好感。

她當時負責跳舞學會表演的燈光安排，因此走來與我商討。其實這些小事，全因高年級的學生不想負責，才會找來兩個初中生吱吱喳喳地認真研究，最後效果怎樣，看表演的人不會記得，跳舞的人也無暇細顧。真正重要的是我拿到她的電話，並在表演結束後一起討論她們的表演。

因為自卑，所以初認識時，我未曾想過對她展開追求。我們沒有共同興趣、沒有共同嗜好，除了我們就讀同一間中學之外，我們根本沒共通之處。不過我們還是談起每日功課的無聊、老師的八卦，簡而言之，就是圍繞著「你在做甚麼啊？」而放射開來的一些光暈。

我正式和她約會，已接近中三尾聲。我們都是十三、四歲左右，卻同一時間被某套類似文藝電影的東西吸引，於是我便順理成章約會了她。只是當日出門之前，我在衣櫃面前把衣服拼來拼去，但也拼不出怎樣好看的花款，而且因為貧窮，我的選擇其實也不太多，最終只能選擇一套不太醜的出外見人。

那天她穿著一條短裙，裙尾只到膝頭以上，雖然她的腿很短，但因學校裡面不會有人穿成這樣，所以當我站在戲院前面，看見她遲到後跑著過來而飄動的裙擺時，這些畫面都深深刻在我的腦中。

中學時候，我們都沒有錢在戲院買爆谷，於是她把我拉到戲院旁邊的雜貨店裡，買了薯片、汽水。「你站著！不要動！」她大叫，然後踮著腳，用力把東西統統塞進我的書包，然後在上面蓋著她的外套。

「走吧！進場了！夠鐘啦！」她推著我走。

我們事前都沒想到，原來文藝電影會有裸露鏡頭（我原以為只有 III 級會有裸體，原來 IIB 也有）。於是我第一次和女生去看電影，也正是我第一次看見女人的裸體，我即時想把它關掉，但我又不想在她面前反應太大，因此盡可能表現平淡。待那些場面過後，我偷看了她一眼，發現她也在偷望我，我們視線一對上後，便縮回去，直至離開戲院我們都沒再說話。

我對她解釋：「我真的不知道是這樣的電影……」

「我也不知道呢……」她很尷尬。

這時我們已經離開戲院，前往車站，我們在河邊延伸至輕鐵站的一條悠長的行人路上沉默。我們嘗試過打開幾個話題，但總是有陣奇怪的氛圍在我們四周飄蕩。我們說了再見，卻沒想到，之後真的不曾再見。

「我喜歡她」的消息，成為了整間學校的趣聞。起初故事尚且關於我和她的相識，以及我們可能正在拍拖、曖昧之類。後來它們愈演愈烈，變成了我們的擁抱、公園的激吻，後來更有一說是指我們去看色情電影，以及我對她做出了各種過分的事。

這個意象，我想用一間中學的小息表達：好像我和小惡豆在小息繁忙的操場上面對望著，我們之間人來人往，各自有不同的人在我們耳邊輕語，後來畫面在快播，旁人來得快去得快，最終我們被耳語蠶食，她的影像也漸漸在人群消亡。

幸好有了暑假，「我們去看色情電影」的話題在發酵得太大之前，各人便忙著計劃假期的走向。那個八月像奈何橋一樣，一旦跨越了它，來到九月，所有人便突然之間忘記這件兩個月前的事。它再沒有人討論，沒有人加添枝節，它徹底地消失，有如一切從未發生。

中四之後我開始在班上擔當搞笑的角色。只有我一個人的時候，我滿腦海想著的，全部都是搞笑的段子。起初我還未能夠即時捕捉現實世界的搞笑機會，只能透過觀察，以及事後的回想，去重構一些在班上發生的情況，並從回憶之中尋找搞笑的機會。直到後來，我也終於能夠在現實世界切實執行。

搞笑有很多種，它可以是「跳步的」，例如當所有人預期A之後會到達B的話，只要我突然爆出一個C，其他人便會大笑；又例如一種是「錯置的」，一旦所有人都預期A東西只會在A場景出現時，只要我在別人談論B場景時爆出一個A，這些時候別人也會大笑。因此所謂的搞笑，就是期望的摧毀。

我隨後的中學生涯，愉快而美好。無聊的課堂在笑聲之間錯落交替，這樣的兩年過去，我也從中學畢業。我不認為自己有病，只是我身上好像有些甚麼變空洞了，也好像有某顆齒輪在某個角落神祕無聲地滑落，稍一回神，我已兩手空空。

在中學迎接我的，是以前一位有份逼我參加活動的老師。在他告訴我「學校禮堂的燈光沒有人用，你去玩玩吧」的時候，他還是一位普通大叔，直至我畢業回去，他已成為主任，並即將退休。

搞笑主任應該知道我的名字，但到他真的看見我時，他卻張口結舌，好像心裡在想：原來是你嗎？他對於我的記憶，大致在這似有若無的水平。

「原來你做了教師！」

搞笑主任，如今變成了充滿朝氣的老伯，他的頭比以前禿了，不過腰板依然直挺，話音沉穩，他的微笑有力，臉上往往帶著一種使人舒服且幅度精確的笑容，令人放心。他驚喜我會前來，或許一方面他沒想到是我，至於另一方面，也是他無法從「教書」開始聯想到我。

他用力和我握手，「你近來怎樣？」他用力地問。

「沒有怎樣啊。」我回答他。

搞笑主任把我帶到教員室去，並帶我到我的座位前面，告訴我水機在哪裡，影印機在哪裡，不過教員室不大，其實一眼可以看見。教員室的窗外正對著球場，不時傳來學生打球大叫的粗口。

我沒有成為教師的資格，我不認為自己可以教懂多少學生，也不認為他們會因為我而改變多少。畢竟我是這樣的人——一踏進校門，經已接連撒了幾個謊。

它們包括我現在很好，認識的朋友多了，他當年在家長日上見過的我的父親、我的母親，如今都非常安好，對我很好，我的家庭很和睦，還有我正在讀書，讀書的日子也很快樂。他叫我看看我以前欠交的功課，他說得起勁、愈談愈高興，在很多年前的功課簿上揭著一頁、揭著一頁：「你看看你，你這份沒有交，那份也沒有交！」

搞笑主任在電腦上打開我們那年畢業的合照，他逐一指認照片上的每一個人，問我記不記得他們。他說他明年退休，這時我卻理解他了：好像一個老人院裡的老人，一旦有人探望（就算他不記得這人是誰），他就會高興得手舞足蹈。

他問我記不記得，那年有位非常「兇殘」的女生，他說她長得很矮，會經常用粗口罵老師，那時候連男生都很害怕她。對了，他還補充說：「她很喜歡打人手臂！」我說我記得，然後他很高興，但他又忽然記起甚麼似的，欲言又止。

搞笑主任告訴我實習期間要教的班別。他打開他們的照片，一幅幅藍色背景的學生照，放在Word檔表格的一個個格子內，上面是他們的名字、班別，以及學號。搞笑主告訴我哪個學生很好人，哪個學生惹不得。

「最重要的是安全下課。」搞笑主任煞有介事地說。

我將要教的，是全級成績最差的一班，他說這班像動物園一樣，甚麼人都有。於是我在腦海裡面，把他們想象成一隻隻可愛的漫畫動物（儘管他們生性兇殘）。

搞笑主任指著一位可愛的女生說：「她是全班最兇殘的。」

照片上面，有一個齊瀏海的，微笑時候會現出酒窩，眼睛像月亮一樣彎起來的女生。單看照片，我對她印象不錯，至少我已經記得她了，我把她聯想成松鼠，而我知道她生性兇殘的特質之後，她也變成了一隻咬人的松鼠。

「松鼠同學怎麼了？」我問搞笑主任。

「經常用粗口罵老師，堂上吱吱喳喳，你罵她，她又會反罵你。」搞笑主任搔著所剩無幾的頭髮，「很麻煩、很麻煩……」他接著說：「有點家庭問題吧，加上有點抑鬱……還是躁鬱？一直有社工跟進。」

我的情況，不管從哪方面看都不比她好。面對家庭，我束手無策；面對焦慮，我只能酗酒；若然可以見見社工，我也想見一見。松鼠同學，以及我，也不過是身份不同的兩個病人。這時我陷入更深沉的沉思當中——我憑甚麼來教書呢？

「她總是突然地哭，找了她的家人，也沒有甚麼結果。」搞笑主任刻意壓沉聲線：「她好像也試過……自殺吧？」

根據教育文憑的正常日程，實習教師的第一星期，一般只會跟著正職教師（也就是搞笑主任）觀察他怎樣上課，直到第二或是第三星期，我們才會正式教書。

「下午有一節課，我把他們交給你了！」搞笑主任一手拍我的肩，一邊指著我，一邊堅定地笑著：「你看！我還有很多東西要做！做老師很忙！」

從我腦海閃過的，是我在班房裡面，一切可能發生的最壞情況。我想起松鼠同學。

我聽見自己的心跳，但它突然停頓似的，突然又回復原狀。

搞笑主任問我O不OK。

我回答他OK。

課堂在午飯之後開始，所以整個早上我都在應付教員室內其他老師的閒談，以及看著搞笑主任給我的簡報。教員室裡坐在我正後方的是一位姨姨，她是一位花茶愛好者，問我喝不喝茶。

簡報全部由書商隨書附送，我重複確認了幾次，單單是簡報的文字，我由最初的版本開始，一直從早上修改到下午，前前後後至少改成七個版本，但我更改的大都是細微之處。這些動作只為了安慰自己，因為當時我只想到即將到來的災難……但這些災難是甚麼災難，細節上我從沒想過，只覺得那一定會是災難，而且要完全把我摧毀。

「用這個教書嗎？」我問搞笑主任。我不肯定他所指的「教材」，是否真的只有這些免費的簡報、一本教師用書，以及一枝咪。

「你還需要甚麼？」他反問。搞笑主任拍拍我肩膊，他鼓勵我：「你隨便跟他們一起讀一讀便好了，反正他們也不會聽。」

我猜，他是在鼓勵我嗎？他和姨姨繼續討論花茶，我的事情他沒有放在心上，所以我特別記得那天早上，他們說杞子明目。

我的心臟一直很不踏實，我不知道是心理作用，抑或是它真的很不踏實（我曾經做過心電圖檢查，結果每次都說我很正常）。如果常人的心跳是「噗通——噗通——」，當時的我一旦緊張，或是精神過於集中在某一件事上，我便能感受胸腔內部的虛浮，好像凹陷下去似的，而且心跳是「噗——通——噗通——」的奇怪節奏。好像我踏上樓梯，腳一軟掉，踏空了，那樣的感覺。

跟著搞笑主任前往班房的路上，我踏空了。我撐著扶手，看著腳下的梯級。午飯時段已經結束，第一個鈴聲響起，所有人開始返回課室。我能聽見他們細細的私語，以及看見他們的腳步。有人停下來，對搞笑主任打招呼。

可能他們就是我之後的學生。他們看了我一眼，然後嘴角便向上揚。他們好像在竊笑，接著我心裡疑惑，是不是我的頭髮亂了？我的衣服很奇怪嗎？別人微小的反應，讓我對自己產生各式各樣的質疑，這些都是老毛病了，只是還未進入課室，這些一切已經開始。

「第一節課，你不要掉輸氣勢，知道嗎？」搞笑主任在梯間回頭，他對我說：「你千萬不要對他們客氣！」然後又用力拍我的肩膊。

我跟著搞笑主任走入課室，裡面的同學見他進來，便各自回到座位。我是他們的異客，他們有直視我的，也有偷看我的，總之一時之間，所有目光都投向我來。男同學的笑容，與剛才我們在樓梯所見的一模一樣，於是我別過臉，卻見一個女生說完便笑。我光是站著，都覺得心虛。

「他是我之前向你們提起過的實習老師。」隨之搞笑主任揚起手，叫我介紹自己。

我忽然說不出話，我乾咳了兩聲，合上眼，然後用沒有握咪的一隻手，用盡力氣將指甲劃進肉裡，這時痛楚才使我冷靜。我努力微笑，介紹自己，他們沒有反應。搞笑主任說之後的課會由我來負責，他們的反應也是一樣。

我收到他們一班的照片，是當日早上的事，所以除了松鼠同學，我一個人也不認得。

可是特別記得某個女生也不是好事，因此我扮成連她也不認得。

松鼠同學被安排到教師桌前的座位，她紮著馬尾，不過像是隨便紮的，好讓她能隨時放下。她的校裙過短，校襪明顯是不合校規要求的 Nike 短襪，不過搞笑主任也沒有意見，我也不另生枝節。

我講的課他們其實沒有聽，於是我也漸漸不能相信自己正在說話。我看著他們，覺得真的好像動物園。前排有些兔子、狸貓以及倉鼠，他們會看著我，以及抄筆記；直到中間，便是雀鳥類的，他們好像還在，也好像不在，各自只會挑選某些特別的時候（例如我現在靜了的時候），他們才會看我一眼；直到後排，便是大象、老虎、獅子了，他們有他們的法則。

忽然有人舉手，是中排的貓頭鷹小姐：「老師！你今年幾歲？」

她這一問，全班都寧靜下來，彷彿這才是真正重要的事。我看了搞笑主任一眼，他坐在課室最後面，雙腿上面放了一疊作文，一手握著紅筆專心批改，完全無視一切。

「二十五。」我如實回答。

貓頭鷹小姐看著天花，彷彿在想甚麼，然後她動動手指：「只大我們幾年！」

隨之全班陷入失控。每個人都在說話，但每句說話我都聽不清楚，好像一個繁忙的中學操場，每一個人都向我耳語、也向他們耳語。

同一時間有四十個少年P——他們同一時間看錶、同一時間表情木訥，他們也同一時間笑，但笑容是不同的，可以有很多種解讀。他們可能覺得我的課堂根本不值一提，也可能我的說話根本無人明白。他們熱烈討論，可能源於我的外表，我一些說話的習慣，又或是我說話的內容無聊。

四十個人裡有些樂在其中，有些置身事外，我觀察著他們的一舉一動，他們的半分笑意都讓我想殺死自己——這種想法時刻都在，只是有時會強烈些，有時會轉趨緩和。

現代青年的問題很多，他們幾乎問及關於我的一切。我有多少個弟弟、多少個妹妹？我是全家最小的嗎？那麼全家一定都很疼錫我？還有我在大學讀甚麼科、取得甚麼成績、我大學的時候有住宿舍嗎？男生搶先問我，大學宿舍的女生漂不漂亮？他們想知道的，全部都是這樣的事。

「老師！你有沒有女朋友？」指著我的是松鼠同學。

其他貓頭鷹啊、獅子啊、老虎啊，全部沉默下來，他們看著松鼠，又看著我。與其他女生相比，松鼠同學的聲線有點沙啞，她也長得比其他女生稍高一點。那個我還戴著頸巾的冬天，她把毛衣隨意往肩上一搭，便令人覺得她比很多男生（包括我）都堅強得多。

「即是有沒有女朋友啊？」她追問我。

我認真地想，應該沒有老師會認真地告訴學生「我的人生很失敗啊現在一個愛我的人也沒有」？所以我敷衍了她：「我才不會答你。」

「即是沒有啦！」松鼠同學大叫：「老師你太廢了吧！」

到底我有沒有女朋友，這樣的話題在他們之間爆發開來。有些人覺得有，有些人覺得沒有，他們幾乎四人一圈，以討論時事題目的模式各自分起了組，一方大叫一方的論點後，持相反意見的則大聲反駁。「安靜——安靜——」我叫住他們，但是場面已不能收拾。

搞笑主任咆哮一聲：「Quiet！」

他大叫了幾個人名，我當時還未熟記學生的名字，但從學生聽見名字之後背脊一震的反應，或多或少能夠知道這些名字各安何處。唯獨有一個名字是所有人都沒反應的，所以我猜不出來。

松鼠同學伏在桌上，這時其他同學已不敢作聲。搞笑主任沒多發言，只繼續低頭批改手上的功課。我打開課本，接著的課堂，都以沉悶為主。

作為一名教師，我完全失敗。

自從他們無法閒聊，他們對我亦興趣漸失。我一面顧著投影機，一面看著書本上面的字，因為此前我從來未曾教書（連替人補習也很少有），所以我是踏入課室之後，才發現同一時間照顧背後的熒幕，以及面前的學生，是兩件完全不能調和的事。

課堂期間我一共說錯了幾個地方，但學生之間無人察覺，畢竟他們甚麼也沒有聽。後排的獅子、老虎，可以睡的便睡，中間的雀鳥各自為政，直到前排的兔子、倉鼠，他們也沒再抄筆記了，只是拿出了另外一科的功課，在我面前把它完成。

因為無法對人好好說話，他們更難明白我說甚麼。隨著他們無法明白，無法給我反應，於是我也更加陷入自我的懷疑當中，更加無法好好說話了。問題不在他們，反倒是我，好像是我害怕打擾他們睡覺，於是連聲音也愈縮愈小。

照著書商免費贈送的簡報來讀，這種感覺讓我似曾相識。我在大學匯報時候，那份報告也是少年P塞到我手上，叫我照著讀的。我人生過往真正很想去做，而且最終又確確切切地去完成的事其實沒有多少。我想成為教師，完全是為了錢；而我之所以要錢，全因我要離開；而我之要離開，乃因我無法忍受那個家了。

我漫無目的地，只是為了要完成B，所以完成C，為了完成C，所以完成D。那麼A呢，它到底是甚麼？

課室與底層的操場很接近，窗外不時傳來體育課的哨子聲、拍球聲。我有一刻停下來了，發現根本沒人理我，我看著外面的樹和樹葉，沒有再讀。最後連我也飄出課室。

松鼠同學說：「我根本不知道你在教甚麼。」

我人生的第一堂課結束，我對他們說了再見，搞笑主任和我離開課室。他安慰我說：「第一次總是這樣，之後會習慣！」說完，他又很有活力地笑。

問題是我之後也不會好。

當晚我又吸煙。

這發生在我上上次戒煙，以及上次戒煙之間。讀教育文憑之前，我曾經戒過一次煙。我想象過我又吸煙，學生又吸煙的畫面，雖然現實上沒有問題（也有不少這樣的例子），但於我而言感覺又不太好。所以我本來身上沒有煙，煙是我醉後買的，打火機也一樣。

買了飯盒在海邊吃完，我便沿著海邊來回走著，每次經過便利店，我便買一枝酒。因此到夜深人靜的時候，我已爛醉如泥，結果抱著醉意，我突然覺得我一定要吸煙——如果今晚不能吸煙，我一定會死，我真的去死！

我在便利店前，反覆背誦即將要說的話，我牢記了煙的牌子，以及煙的價錢，然後在銀包預先掏出了錢。我怕我會在店員面前醉倒，因而提醒自己千萬不能出醜。最後我順利買了煙，走了回頭路，回到了海邊。

冬風在吹，我縮在一角，一手捏著煙，一手點火，但風太大了，點了幾次也不著，於是我拈著一枝沒有火的煙，嘆了一口氣。我覺得自己很淒涼，吸一枝煙也如此狼狽。我蹲在長椅上，背對著大海，用背脊擋著風，一手遮在煙枝前面，火才點著。火機在夜裡漆黑的手心內亮起了光，煙終於著了，我又要戒煙。

有一隻蟻從海邊石墩的石縫爬出，沿著石墩的邊緣愈爬愈遠，也就在蟻消失的一瞬間（最後剩低那些石頭、那些路燈、那些泥），我感到活著是痛苦的。

如果可以活著，最好當然活著，但我自問已為生存付出過無數努力，可是這樣不行、那樣不行，我也無可奈何。我的自殺並不源於消極，也不源於所謂無意義的虛無，現實是它正好相反，正是我熱愛生命、擁抱生命，甚至曾經堅信生命是該有其意義的，那之後所產生的一切失望，才會讓我對自己動起殺機，令我自己對自己看不過眼。

為了生存，我用盡對於生命的熱誠——活下去吧！活下去吧！——結果面對大海，我走回頭，來到天台，我又退後。不管這些「活下去吧！」是出於勇敢，還是膽怯，它客觀的結果都是我活下來了，而且抵住每次命運的煎熬。

我對生命能有如此大的依戀，實在教我始料不及。我努力去見漂亮姐姐，每星期都見她一面，我把人生過去的悲傷像嘔吐一樣吐在她的辦公室裡，我努力談起自己不願面對的過往，靜聽沉默——那些我痛恨的人、痛恨的事，他們都一一回來。我努力去見瘦削醫生，每天晚上努力地吃藥。我努力回家，努力睡覺，我努力看著牀板辨別影子移動的角度，看夜晚的陰影漸亮，我努力停止回憶。

不管是吃一粒藥、做一份功課，抑或是點一枝煙，那都需要我 100% 的力氣，不過愈是努力，只愈顯得我很滑稽，甚麼事情都做不成，最後去了教書，連書也教不成。一旦曾經嘗試爬起身，再跌落地便會粉身碎骨，而因為粉身碎骨，也很難再爬起來了。

不斷的自我背叛（例如痛苦的時候大笑，不愛的時候去愛，睡覺的時候清醒，想忘記的時候回憶）讓我無法忍受自己，使我須要透過自我毀滅的方式，從此擺脫這些不能自拔的處境。而我卻自我背叛到不能自拔，最終我連自殺都背叛，使之變成了漫長的生存。所謂自殺，在這時開始也變形了。

我先是物理上對生命作出消極的抵抗——我酗酒（有些人濫藥，有些人吸大麻，可能我的情況比你們好？我不肯定），我透過對自己身體的慢性殘害，希望自己最終不能自救，以此期盼能夠跳過痛苦、自我了結，從而達到報復生命的目的。好像我身體裡面有一個鍋爐，鍋爐熄了，無法燃著，但單靠它的餘溫我還可以吃飯、可以吸煙，它以最低限度的能量運動，直至最後燃燒殆盡，一切停止。

而我後來發現的另外一種自殺，它並不涉及身體的傷害，它以「人生自殘」為形式。我一發現它，便對它沉迷——我開始刻意挑選一些不幸，希望以此殺死自己。例如當夜，我致電給E小姐。

當時我告訴她，無論如何我都很想見她。我在馬路旁邊等了很久也看不見的士，於是在馬路上沿著欄杆走啊走、走啊走，終於在兩個街口後的舊矮樓的轉角，看見的士「For Hire」的紅色圈。

「現在已經很晚。」E小姐的聲線很弱，在夜裡如一根將斷的線。我在馬路邊，扶著欄杆，後來有一架貨車，它以撞不死我的距離經過。我覺得自己好像一隻街邊無人理會的跛腳的狗。E小姐問我：「可不可以明天再談？」

「我真的很想見你。」我說。

「我明天早上要上班……」

「就算只是一面也好。」我哀求她。

從馬路下車，經過一個沒有水的水池（很久以前那裡的水便乾涸了，只剩低幾個可憐的水窪，以及幾堆枯葉），她一直在大廈的大門前面待著。她穿著連帽衛衣，把帽套在頭上，戴著平常不戴的粗框眼鏡，穿著短褲，踢著拖鞋。風吹過時，她微微彈跳的保暖動作很有趣。

「都這麼晚了，」她一邊走來，一邊問我：「你有甚麼事？」

我抱著她，如我以前從未抱過女人一樣。那是我們自第一次見面之後，我第一次抱她。我摸她的頭、她的頸、雙手抱到她的後腰。她的衛衣很厚，當我把她的身體緊貼著我自己時，我所擁抱著的東西，也好像變成了衛衣。

「發生甚麼事了？」E小姐問。

「我只是想來抱一下你。」我說。

「白癡，特地搭車過來抱我？」

「我說真的。」

她身後有一個夜裡的山坡，我只能依稀看見那裡有一條樓梯，向著山坡不斷向上，延伸到山頂上的路燈下面。那路燈是球體的，我一面抱著她，一面望著它，它在山上那些樹葉枝椏的隙間像太陽一樣。

「後面的樓梯會通向哪裡？」我問。

「你很奇怪。」她用鼻吸了氣（我能聽見），她罵我：「你又喝酒了？」

「一點吧。」我喜歡抱她的腰。

「你還吸煙。」她接著問：「你之前有吸煙嗎？」

我隔著她衞衣的帽，按著她的耳朵，她的頭被衞衣的帽子套著，我覺得她好像一顆雞蛋。「你變成一顆雞蛋了。」我瞇起眼，對著她笑。

她撥開我的雙手：「我在跟你認真說話！」

「和你逛逛，好嗎？」

我牽著她，一起踏上通往山頂的樓梯，山頂上面是一大片黑色膠地墊鋪成的兒童公園。公園中間只有一對可憐的鞦韆，被四周黃色光的射燈照著，在地上拉出了四個方向的影。那裡的周圍，全部都是防止別人跌落山坡的欄杆。

我竟然覺得那裡美麗，因為欄杆外面全部都是樹，以及山下面的馬路、高樓。夜深時分，馬路上沒有車了，各家各戶都關上燈。我們在鞦韆的遠處坐下。

「你上次說過，你會去自殺，你說真的嗎？」

我搖搖頭：「我說笑的，不用太在意。」

然後我們一起沉默，我說我想吸煙。這次打火機燃點得順利多了，煙很快便點著。

「以前沒有聽過你會吸煙。」

「只是沒有特別，也不是值得炫耀的事吧？」我指著煙盒上面的警告字句：「你看，還會陽萎。」

以前一直很在意：不要把煙吸進肺部（是我這年代很流行的說法，覺得只要不吸進肺便沒有傷害）。直到後來，我才發現吸得愈是深沉，我看著天空的那些雲、那些月光的那一秒鐘才會得以延長。而那些對於我肺部的傷害，我想著都覺得好笑——竟然有人擔心自己的肺。

「所以，你真的只是喝醉酒，買了煙，然後來找我了？」

也就在E小姐確定我很好、沒有事之後，她告訴了我很多關於少年P和她相處的點滴。她第一次對我談起她的男友（我的朋友）。我們以前對這話題的很多心防、很多避免，都在那一夜之間，好像被遺忘了一樣，消失了。

為甚麼會這樣呢？這一方面是酒的緣故，她知道我喝酒了，彷彿很多說話都不必認真；另一方面也有煙的促使，因為吸煙時候說些使人唏噓的話會比較不尷尬，而人生很多時候是唏噓的；還有夜晚，夜晚也有關係，因為白天很難坦白。

「你們這些男人，」她的頭靠在我的肩上：「是不是要喝醉酒後才會記得我呢？」

「我現在沒有醉，我記得你！」

她以「你們這些男人」作為主語，到底是指少年P，抑或是我，我分不清楚。我只記得她的洗髮水很香，以及當我讓她靠在我的肩上，而我正欣賞面前的一對鞦韆時，我想以後每一晚都這樣過（其餘我已不記得）。

「你們這些男人，我很討厭你們吸煙！」她的手放在我的手背上，把我的煙搶了過去，她把它放到半空凝望，煙灰一點一點的往下跌墮：「你們不覺得臭嗎？」

「還好吧。」

她把煙放到嘴裡，深深地吸，然後她便猛地咳了，她用手肘掩著嘴，雙眼眶著一泡眼淚似的，她很可憐。與其說是愛情，我對她或多或少有些憐憫，這樣可愛的女孩，怎麼會敗在少年P的手上呢？也或許我更深處的想法是——為甚麼是敗在他的手上，而不是我的手上呢？

我罵她：「你不會吸就不要吸！」

「哼！我就是要吸！最好吸到死！」

我的煙還在她的手上。我再點了一枝煙，煙又著了。那是一根完整的煙，它在公園可憐的射燈下，連那一點光都顯得特別脆弱，彷彿隨時熄滅。我把手臂兜到E小姐的背後，把臉貼到她旁邊。我想在更近的距離看她。我親吻她的臉龐、她的嘴唇，我把煙放到她的嘴前。

「吸……停。」我在耳邊指示著她：「深呼吸。」

我細聽她的呼吸，她對我可能是愛情，我想。但我對她，卻泛起了一股惡作劇式的興奮，這個時候，我變成想教訓她、報復她。

「你還很在意他。」我說。

「我不可能不在意他。」

E小姐想在吸一口煙後沉穩地說出這一句話，可是她咳了，而且咳了很久。我不知道這是意外，抑或是她有心，她告訴了我這一件事——

E小姐說與少年P到台灣旅行時，他們做了很多次愛。有時在牀上、有時在廁所、有時在沙發，以及窗台，結果他們到了台灣，卻好像只到過酒店一樣。

少年P有問題，她一早知道。他不會貼他們的合照，甚至不會拍照，終於在台灣旅行時，E小姐拍食物的時候，她偷偷拍了他（很難明白為甚麼女朋友要偷拍男友）。她被少年P發現了，她以為很小的一件事，少年P卻發脾氣走了，放滿食物的餐桌前面剩低E小姐一個人。

E小姐不斷打電話給少年P，少年P終於接聽，他告訴她：「你自己回去吧。」然後便消失無蹤，聯絡不上。E小姐是一個路癡，台灣的路要怎樣走，她完全不知道。她在不知道哪條路的十字路口前面，看著一堆又一堆的機車在眼前駛過時，那些塵土讓她覺得——她不屬於這裡——但她怎樣都沒法回去。

一個香港人在馬路前面哭了起來，路過的本地人都覺得奇怪，有位阿姨問她甚麼事了？她說她「蕩失了路」（說了一會，阿姨才知道她的意思是迷路）。阿姨知道她是香港人，便帶她走到捷運站，最後問她知不知道要乘甚麼車，也問她有沒有錢。

E小姐說她有錢、也知道要乘甚麼車，只是不懂得路，她擦擦眼淚，說了很多次謝謝。走著走著便將到下班時間，捷運上面有很多人，她在人群之中覺得恐懼，她忽然覺得自己會猝死，一心只想立即離開。結果還未到達目的地，她便跑出車廂，直到車開走了、人散去了，月台上面的人變得疏落後，她才冷靜下來。

她在酒店房一直待著，她需要少年P的解釋，但她已經不敢奢求太多。她知道他們一旦吵架，少年P一定會走（而且毫不猶豫），反而是她，她不想失去他。當一方很需要另外一方，但另外一方覺得沒有所謂，這時兩者關係的平衡便會崩解，壓力全部落在一方，也就是E小姐的身上。

E小姐終於等到少年P回來。

她問他：「我們出去吃點東西好不好？」

少年P回答：「我吃飽了啊。」

所以少年P是吃了晚飯才回到酒店的，反而是E小姐，她在酒店房裡一直等他，已由下午餓到夜晚。

「為甚麼你不自己吃？」少年P反問她。

E小姐答不出話，只有眼淚，但她又不敢在少年P的面前哭。她害怕他會覺得她很麻煩。少年P叫E小姐和他一起洗澡，E小姐照著辦了，於是少年P又和她做愛。他們是在淋浴間裡面做的。少年P的聲線溫柔，他的甜言蜜語使E小姐無法抵抗，因此在淋浴間裡，加上一些身體感官的刺激，E小姐無法說服自己並不愛他。她任他親吻、愛撫、進入，少年P對她說：「我愛你。」她絲毫沒有懷疑。

愛做完了，他們擦乾了身，少年P親吻她一下，說了一些情話以後，他便睡到牀上，合上了眼。E小姐換了衫，到了酒店樓下拿免費的杯麵，吃飽之後她便回去。這時少年P已經完全睡著，而且他睡得很醜，一個人霸佔了整張牀。

E小姐面臨人生的抉擇。少年P的電話放在桌上，而且她記得它的密碼，因為那串密碼是少年P自己的生日，而不是她的。可她又知道一旦解鎖他的電話，一切便無法回頭——一旦知道了一件事情，就很難再扮成不知道了。

一個人坐在車廂，但因為感覺自己很快猝死，所以必須跑出去。她抱著這樣的心情，一邊解鎖他的電話，一邊祈求他的 Whatsapp 裡沒有其他女人。

她對 Whatsapp 的擔心是多餘的。陌生女人的名字，其實出現在 Instagram 的 Direct Message 裡面。她在其中一個女人的對話框裡愈往上看，便愈覺得心寒。他們互相的情話，E小姐除了在與少年P做愛的時候聽過之外，其他時候她便沒聽到過了，不過這個女人，只是在 Instagram 聊天就可以聽見。E小姐感覺受傷，而且傷得比「被騙了肉體」更深。

因為少年P告訴她的祕密，竟然比告訴E小姐的更多。例如少年P只告訴了A、B兩項祕密給E小姐時，這位 Instagram 裡面的小姐，她竟然分享到三項！看到這裡，E小姐覺得自己好像被車撞，沒有勇氣再看下去。

牀上沒有E小姐的位置，所以她只能坐在睡牀邊的地上啜泣。夜晚的啜泣，比那個下午的馬路旁邊時細小，但這時候E小姐身邊連帶路的阿姨都沒有了，只有她一個人。她無法冷靜下來，於是又做了更不冷靜的事。

E小姐原本可以不動聲色地把電話放回原位，但她把少年P和那個女人的對話，全部刪除掉了。她一方面想報復，一方面她須要示威，她是故意要留下線索，讓少年P知道E小姐看了他的電話，少年P最好知難而退，不要再找她了。可惜這段關係並不平衡，E小姐對這段愛情的重視，比少年P的重視程度高出太多。

少年P一起牀，發現整段對話已被E小姐刪除。少年P破口大罵：「你偷看我的電話！」

E小姐應該和他抗衡，可是她心軟，她害怕一旦吵架，會連這些愛情破碎的殘骸都告吹，所以E小姐沉默。

少年P接著罵她：「你有沒有尊重過我呢？！」

E小姐已確定少年P出軌，但要中斷這段關係，對於很喜歡他的她而言，這也是不可能的。她回想起很多和他一起很愉快的回憶，也正是這些回憶為她帶來麻煩。

如果他們不曾幸福，她不會如此痛苦。

所以最大的問題是，他們曾經幸福，E小姐想。他們並非第一次到台灣，他們上次一起去旅行時，那些回憶都很愉快——某天黃昏，他們一起到了四草大橋，他們一起看著無際的海，以及夕陽。那時少年P說，可以和她一起看夕陽，真的很幸福。接著他們擁抱，親吻，沒有做愛（在車來車往的四草大橋上完全沒有可能做愛），而這些正是E小姐所需要的幸福。

因此當少年P問她「你有沒有尊重過我」時，E小姐退縮了。

「我只是好奇……」她說，她連自己知道他出軌了也不敢提起，她不斷向少年P道歉：「對不起、對不起……」

我問E小姐：「這樣的人渣，你還要和他一起嗎？」

雖然要說人渣，我也不見得自己有比他好。但單就E小姐的情況看來，如果說少年P是人渣，也肯定沒有疑問。

這時我抱著她，盡可能扮作很關心她，但我其實只想找她取暖。那夜我思考了很多關於「死亡」的事，加上喝酒，我也沒有太多力氣去照顧她的悲傷。本來我是想找人擁抱的（我特地乘車過來，也只是想找人陪我），後來竟然變成我安慰她，想來也有一點失望。不過她的肉體是溫暖的，而且我摟著她身上厚厚的衞衣時，我更喜歡她的觸感。

「你可不可以等我？」E小姐問。我不明白她說的「等」是甚麼意思，可能在說我要等她放下少年P？她向我道歉：「很對不起。」

她又為甚麼要向我道歉呢？

我家的那些昏暗、那些牀板，還有那個可憐的抽屜，它們一切都似在嘲笑著我，「說了這麼久，你又回來了」。踏進家門的一剎我又很想吐，但忍住了，我跑到廁所，在馬桶前面吐出了很多黑色的東西。有一刻我以為自己會死，但不是，只是我喝了黑啤。

我的抽屜裡面一直有一盒藥，它是瘦削醫生開給我的，用來抗抑鬱，一盒有三排，藥丸用錫紙包著。我拿出最後一排，把一星期分量的藥丸放到手心。我有猶豫過，但覺得沒有所謂，便把它們吞進胃裡，喝了水。為何我要這樣做，可能沒有原因。

感情方面，我一早知道E小姐有男朋友，甚至我是因為她的男友才認識了她。我並不特別喜歡她，也很難談得上我有愛她。因此當她說到要我「等她」時，我連我要等待甚麼也不知道。我沒有想過「等」，我只是想找人擁抱，而我已經抱過她了。

工作方面，我更無法想象自己會為工作而死。我未偉大到要教育世人，讓他們在正邪之間選擇正的一面。我只想完成學位，找份月薪三萬以上的工作。只要有錢便能解決的問題，有錢便可以了。我有沒有成為一個很好的老師，不是足夠推我去死的理由。

因此我當晚所遇到的「死」，是眾多種「死」之中最無可救藥的一種。我並非為了甚麼而必須死，只是忽然想到：啊，很想死。

如果為了愛情，去找一個喜歡的女人便可以了；如果是為了錢，那麼去工作吧，或者去做兩份工作；如果為了家人，那可以離開，從此躲到天涯海角，永不聯絡。但若為死而死，就沒得救了，只能夠死。即使有醫生在急症室裡辛辛苦苦把我拯救回來，一旦我離開醫院，我又會想找個地方再跳下去。

我這一生人，有很長時間都在這樣的思想漩渦裡面——對，除了我有一次因為心悸而到過醫院，其他都只是想象——我從來沒有因為「自殺」而到過醫院。

隔天上班的鬧鐘響了，我馬上起牀，洗了昨天一天沒洗的澡。當我彎腰把自己的頭放在水龍頭前面時，水沿我的後腦，流至我的額頭，我用嘴巴玩著那些水流，我又更加覺得自己好笑：昨夜說得多麼誇張，甚麼「一星期分量的藥」，其實只是3.5粒罷了（因為瘦削醫生認為我沒有事，所以我的劑量也是常人一半）。我竟然覺得自己在吞下3.5粒藥後的隔天會死！我真的幻想自己會死在牀上！

我一邊洗頭，一邊笑，笑的時候洗頭水滲進眼睛裡去，結果頭洗完了，眼睛又刺痛。我換好衣服，特地選了E小姐和我去買的襯衣，最後一邊擦著眼睛，一邊前往學校上課。

早上的八時半，輕鐵車站會有很多學生下車。雖然我教書教得不好，但有些學生還是會禮貌性地向我打個招呼。

「同學！早晨！」我笑著應對他們。

我隨便想了句話：「吃了早餐沒有！」

面對他們的應答，我擺出誇張的表情：「噢，吃了啊，吃了甚麼？」

有些人會向我介紹學校旁邊的餐廳，他們說它很好吃，叫我有空要試試。不過香港大部分學生其實不吃早餐，因為他們一早起牀便要趕到學校，沒有時間。

直至避開所有人，連對著搞笑主任的早安也說過後，我終於回到自己的座位上去。接續昨夜的宿醉，加上連續吃了幾粒抗抑鬱藥後又無法進睡，上學路上擠出的這些微笑再次令我崩潰。就算只是打招呼、講早晨，以至乎向學生派功課、聽著老師閒聊，都令我希望關於這間學校的一場鬧劇能夠就此結束。但我等到所有同學到齊並準備好開始上課時，這已是鐘聲響起的十分鐘後，我幾乎想殺死他們。

昨夜吃的藥，隔了一個早上，來到下午，彷彿在這時才開始生效。我看見的光比往常更光，好像電腦屏幕，如果平常的光度是 50% 左右的話，當時應該有 70%。有很多同學拿出了數學科的功課（數學科的功課很容易認——書特別厚，而且功課簿上全部都是數字），我刻意提高聲浪，吸引他們的注視，可是他們對我完全視若無睹。

「為甚麼是數學科呢？」我問。

「一會有功課要交，」松鼠同學坦白地答：「我甚麼也沒有做！」

「功課應該在家裡做吧？」我反問她。

我的說話像石沉大海。

我依照搞笑主任的指示，在頭半節課對他們說完我要講的課後，便要他們完成練習。我把功課派到他們手上，然後提高聲線：「我們接下來要做這份小組討論的練習——」

我讓他們開始討論，原本在我說話時候已有的雜音，也爆炸成街市的叫賣聲：「你們知道嗎！XXX向XXX表白了！」然後他們又無意義地歡呼，直到我叫他們：「安靜！安靜！」用咪高峰的聲音蓋過他們之後，我聽見有一把聲線緩慢地問：「是誰向誰表白？」另一位同學答他，「我不知道。」

結果我走到哪裡，哪裡就會一臉正經地扮成討論，當我背對他們，即使還有一段不可能聽不見他們在談甚麼的距離，他們便已經開始談廢話了。

我走去問松鼠同學：「你們是不是有甚麼困難呢？」

松鼠同學看著我，「是啊。」

正當我打算教她該怎樣做的時候，她忽然命令我：「我不懂得做！你放答案出來好了！」松鼠同學的聲音吸引了所有同學的注意，他們異口同聲地說：「對啊！你有答案吧！我們又不明白你在說甚麼！」

「你是看不明白問題嗎？或是看不明白資料？」即便是虛偽，我都希望她能盡力完成。

松鼠同學說：「我甚麼都不明白。」

當時的小組討論（如果他們真的有認真做）已經開始了五分鐘，可是她在功課上面，依舊是一隻字都沒有。

我勸她，「你先嘗試做一次吧……」

松鼠同學一手拿著功課，舉高：「老師！你看！我嘗試了！」

「你們只是寫了名字。」我把事實告訴她。

「我們嘗試了！你放棄我們吧！」她愉快地答。

「喂！」我對她咆哮。也就在這個奇怪的瞬間，我厭棄她，以至厭棄學生，我厭棄他們每一個人，我厭棄每一件事：「你們班的練習已經被改到像特殊學校一樣淺白了你還想怎麼樣呢？」

班上所有人都靜下來。

「啊真的很對不起呢侮辱了特殊學校。」我一手把咪高峰拍在桌上，「所以你們班是你們班啊。」

我對世間的厭棄，變成了對他們的厭棄，在我察覺到這一件事的時候，我把功課收齊了，也已經回到了教員室內。這時我回憶起剛才的寧靜、他們的沉默，他們竟然所有人都不說話。如果他們有誰來反駁的話……例如松鼠同學？事件可能不會落入如此奇怪的局面。但事情就是這樣了，我一直坐著，陷入沉重的悔疚當中。

隔天我在松鼠同學一班的課堂上，主動提起了昨天的事，向他們道歉。「昨天是我語氣太重，我不應該這樣說話。」可是他們沉默著，只有零星幾個人四目交投，然後反個白眼。他們以為我看不見，但我其實都看得見。

昨天我在課堂上面罵他們弱智，現在回想起來，也覺得羞愧。他們只不過是一群普通中學生的模樣——上課不專心，做功課時不認真，喜歡聊天，談亂七八糟的事。反而是我，竟然因為一大堆與他們無關的事情（例如喝酒、E小姐，以及一些藥物）而胡亂罵人。

「大家專心！老師要說話了！」松鼠同學在班上大叫，突然發號施令：「小心踢你們進特殊學校啊！」

然後是一陣竊笑。

「寫得好！」松鼠同學突然拍手大叫：「老師！你寫得很好！」

我一面後悔昨天發生的事，一面面對黑板、調整笑容，然後轉身叫她專心。我說課堂開始了，要打開書本：「同學，上課就靜靜地上吧。」我看著松鼠同學空無一物的桌子：「你的書本呢？先拿出書本吧。」我盡量放輕語氣。

後排的獅子突然大叫：「喂！老師！她弱智的，聽不明白你說甚麼！」

前排的兔子伏在桌上，忍笑忍得身體都顫抖了。松鼠同學帶頭鬧事，後排的獅子老虎附和著她。如果只有他們玩笑，課堂也勉強教得下去，可是連前排的兔子們都樂在其中，覺得他們有趣，這於我而言是最沒得救的。

站在課室前面，我成為了他們所有人的玩笑，我變得臉紅耳赤，可是我的臉紅，也被松鼠同學捕捉到了。她指著我：「老師！你臉紅了！」

我故作聽不見她的說話，只顧打開書本，照讀出書本上面的內容，好避免接續下來的尷尬。可是只要我一停頓，抑或只是跟從書本上面的延伸討論問題而問他們問題，他們的回答都是：「好！」「老師說得很好！」「漂亮！」

我打斷他們：「你們不要得寸進尺！」全班的確有因為我的叫喊而靜止過一秒鐘，可是我愈大聲，他們也愈大聲。

「對啊對啊！」松鼠同學對班上所有人大叫：「你們全部都要去特殊學校！」

他們的笑，再忍不住，結果在班房裡面爆炸開來。

自課堂開始，他們一心想我尷尬，最終他們成功了，課室一片混亂。這時校長從走廊巡過，有些同學看見窗外，靜了下來；可是松鼠同學正背著朝向走廊的窗，站起了身，對著我大笑。

校長敲打窗戶，松鼠同學嚇一大跳，全班即時肅靜。校長走進班房，叫全班立即站起來，因此全班都站起來了。校長對著全班訓話，罵了他們足足半節課堂，由他們的行為、操行，罵到他們的成績、他們的態度。校長在黑板前面罵人的時候，連帶我亦一同站著、低著頭，好像我也一併被她罵了。直至校長叫我放學去見一見她，我才知道，我是真的被她罵了。

我對校長最深刻的一句話是：「那個課堂的混亂程度，破了我入職以來的紀錄。」

她質問我平常怎樣教書，然後追問我現時的教學進度。其實根本沒有進度可言，可是我不能這樣回答。她隨之找來搞笑主任，問他如何交代給我的工作。因為我搞砸了一切，連累搞笑主任也被她罵。搞笑主任一直笑，說會督促我，會看緊一點。校長向我一瞥，便彷彿覺得對我多說也沒有用，於是只捉著搞笑主任一直訓話，叫我先行出去。我覺得自己又被拋棄了。

我向搞笑主任道歉，事後搞笑主任對我亦無怨言，只是叫我加油，以及同樣地「第一次總是這樣啊」的安慰。或許經過如此的混亂之後，我為了不讓自己成為搞笑主任的負累，我盡可能讓課堂變得有趣。之前書商的簡報我沒有再用，我連夜把書本的內容整合，改寫成一份更精簡的，也從中加入精美的圖片，試圖用當時流行的 **Ironman** 啊，**Captain America** 之類的圖片吸引他們注意。

不過無論怎樣，一切已經太遲。班上已經無人理我，而且我的說話技巧，在那沒人想聽、愈欠自信的惡性循環之中逐漸萎縮。我的言語最終支離破碎，我無法挺起胸膛說出完整的一句話了。就算是中學生應有的一些常識，我連說出也覺得心虛。

我對教育的最後掙扎，是一頁簡報上的「鷹眼」海報（《復仇者聯盟》的其中一個角色）。自我在那裡工作日久，我開始留意到松鼠同學很喜歡鷹眼，於是就想用他的海報，嘗試吸引一下她的注意，希望她會喜歡我的課堂。

就在那一剎那，她突然舉手。我以為她終於有興趣。

「你甚麼時候實習完？」她問。

我想了想：「大約還有兩個月吧。」

「即是搞笑主任還要兩個月後才會回來嗎？」她追問我。

我點點頭：「嗯。」

「你快點走吧。」

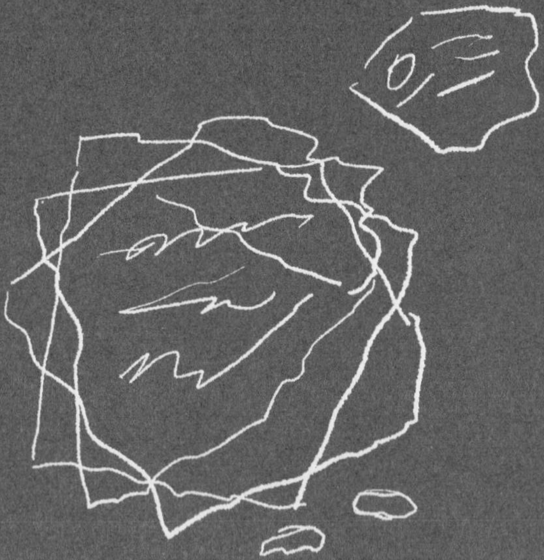

第七章

那年我只是小學六年級，T老師把我的功課撕成了碎片。

人生總有時候會認為自己一事無成，而我的問題是——我在大部分時候都是這樣。我活著至此，是為了甚麼，到底做了甚麼，好像怎樣都答不出來。

「你這是垃圾！」全班都坐著，她唯獨叫我站起身來：「你自己讀一遍！你自己讀一遍！」

那是一份中文作文。早在小學時候我已很喜歡用作文搞笑，所以無論是甚麼題目，我都亂七八糟地寫，沒有一次扣題，沒有一次可以符合評分的準則，我是完完全全為了逗笑同學而寫的。

「乾炒牛河？你寫甚麼乾炒牛河！」T老師氣沖沖地拿著我的作文走到我面前：「你這算是甚麼作文！」他「砰」的一聲把作文放在我的桌上，指著我的作文，力竭聲嘶地咆哮：「你當著全班面讀一次！」

班上所有人屏息靜氣，一致地向著我這邊看來。有些人可憐我，有些人想看我死，但有大半，其實都是等笑而已。

T老師的命令，我不敢不從，於是我顫顫抖抖地拿起作文紙，照著上面的內容讀：「週日我和家人去吃晚飯，我們點了乾炒牛河、魚香茄子……」然後全班漸傳來竊笑的聲音。我繼續讀：「粟米斑腩、咕嚕雞球……」班上的人愈笑便愈大聲了，害我也忍不住笑了起來，愈讀愈興奮：「金菇肥牛、黑椒牛肉……」

我用餐廳的菜式填滿了整篇文章。男生們便起哄了：「這樣你們吃得完嗎？」然後其他人又嘻嘻哈哈地笑。

就在這時，T老師把我的作文撕碎了，紙花還在半空飄蕩，它們輕飄飄的、輕飄飄的在我的頭頂，也在T老師的頭頂落下。那年我很矮，仰頭便能看見那些紙花，T老師的下巴，以及課室天花板上吱吱喳喳的三葉風扇。

T老師把剩下的紙碎，狠狠地掉到我的桌上：「垃圾！」

全班同學看著我，他們掩著嘴笑，有人坐著彎下腰，想拾起一些碎片。T老師回到黑板前，大喝一聲：「誰也不要幫他撿！」

他在遠處指著我的頭：「你自己的垃圾，你自己撿！」

我的眼睛盈著了兩眶淚，前面一切灰灰濛濛的，我擦擦眼睛，所有人都等我跪下來撿。

T老師破口大罵：「撿啊！撿東西也不懂嗎！」

我蹲下來，伸出雙手在地上探著，風扇把紙屑吹散開了，我在地上爬著，追著一片片的碎紙。有一位同學向著我的屁股踢，全班你一言我一語的：「這裡啊！汪汪！這裡！」

T老師也看得樂了。

而我也終於哭了起來。

後來，松鼠同學踢爆了一個儲物櫃。

為甚麼她會這樣做，她的原因、她的背景、她的想法，我全部都不知道。只是因為事情鬧得很大，所以接下來的課堂都不必再上，包括搞笑主任在內的幾位老師一起來到班房，開始了一輪沉悶的審問。

那是一個夏蟬沉寂的下午，在松鼠同學把班上的儲物櫃踢爆之後，班上每一個人都比我想象中安靜。獅子沒有說話，貓頭鷹也靜了下來。窗外的操場上依舊是另一班別的體育課，陽光很猛烈，拍球的聲音不斷。

因為事件是我發現的，而且剛好在我的課堂之前，所以那天的課，我就站在那一堆真正的老師旁邊，看著這場調查進行。

儲物櫃門半掉下來，上面還有一個重重的鞋印。在場的老師問：「這是誰做的？」平常有很多說話的人現在都不發一語，坦白說，其實我覺得他們可憐。老虎、兔子、所有人，他們逐一逐一被叫了出去，去到一個不知名的角落，各自都被問了幾句。大約半節課後，老師便問完了所有人。

最後搞笑主任有了定論，他叫松鼠同學放學之後留下來。

放學的鐘聲響起，學校大門跑過幾個飛快地回家的初中生。大門前面有一張長椅，一連三個座位，但是每個座位都有一道扶手相隔。松鼠同學坐在正中間的位置，也因為她坐在正中間了，不論是我坐到她的左邊，抑或是她的右邊，我都會覺得尷尬，所以我就站著。站得久了，到處飄來的汽車聲、排球聲，統統又教我不得不說話似的。

「其實，為甚麼你要這樣做呢？」我問松鼠。

她回答我：「只是玩玩，不可以嗎？」

當然不可以，我想。「不，只是好奇儲物櫃有甚麼好玩。」

「不關你事。」松鼠說。

她有她的道理，的確是不關我的事。

「你還好吧？是因為遇到甚麼事嗎？」我問松鼠。

有很長的一段沉默。我開始體認到別人問我同一樣的問題，然後我回答他們同一個答案的時候，他們心裡其實在想甚麼——就是萬般不解，如果沒有事，為甚麼會這樣呢？

「如果真的沒有事，你真的會這樣做嗎？」當時我還是一個老師，對於自己問了這樣失禮的問題，我的確感到有點抱歉。我真的不像一個老師。

「你很煩啊。」松鼠罵我。

「我只是問問，沒有惡意。」

松鼠同學的語氣，也慢了下來：「我沒有事。」

「沒有事便好了。」儘管我知道這種問題根本沒用。

我們很有可能是同一類人，當這樣的一類人走近對方時，互相或多或少都能感受得到——她可能是和我一樣的——但是礙於日常的各種因由，我們都不能相認。本來想對她說：你還很年青，真的千萬不要死，但又覺得，我作為老師（暫時性的），如果貿然和她談死，這又太奇怪了。何況我連自己也叫不住，又怎能叫住其他人呢？

「要好好活著喔。」我說。

松鼠同學一定覺得我是怪人。

「你以後真的會做老師嗎？」她問。

「不會啊。」我說。

她反而被我的答案嚇倒。然後我想，對啊，我在別人眼裡，應該是個未來會成為教師的人。

我對她解釋：「身體不好。」

她不覺得特別。

「這樣也好。」她不懷好意地笑。

「我也是這樣覺得。」我由衷地答。

我們一起等待她的母親到來。在這漫長的等待中，我開始好奇她的母親到底是個怎樣的人。我在猜想，可能她的母親日常都很寵她？也可能是個經常不回家的，濃妝豔抹的女人？到底是一個怎樣的母親，才有可能建構出一個松鼠同學呢？

往校門走來的女人，是卷頭髮的，她眼袋很大、臉上有一點點雀斑，身體很瘦削，骨瘦如柴。直到她漸走近，我才看得出來，她的樣子很老，膚色很黃，臉皮鬆得像會塌下來似的。這個女人應該是松鼠同學的母親了。

她們一眼都沒看過對方。

搞笑主任帶著她們走向班房，而我則是在學校的A大樓上，往遠處的B大樓看去，我看著搞笑主任、松鼠同學，以及她的母親。我想知道松鼠同學的母親是個怎樣的人，因此我走到這裡，看著他們。當我從夠遠的地方看著一個人，我就能或多或少地在他／她的身上看見自己。

這個女人不是不關心松鼠——她本來可以連搞笑主任的電話也不接，連面也不見，直接撥一通電話：「你們放她走吧。」然後學校除了要求松鼠的家人賠償之外，他們便甚麼都不能做了。

然而這個女人，又的確沒有關心松鼠——女人草草為松鼠結清儲物櫃的賠償之後，便結束了這場對話，搞笑主任就算想再說下去，也阻撓不了一個已經提起手提包說要離開的女人。

可能這種介乎於關心與漠不關心的狀態，才是最困擾著松鼠同學的地方。從客觀上說，松鼠的確有一個母親，而且這個母親就坐在她的旁邊，為她賠了踢爆一個儲物櫃所要賠的錢。我們不能夠為松鼠同學否定她母親客觀的存在。

但從主觀上說，她是渴望自己和這女人沒關係的。她在這段關係只有痛苦，沒有得著。如果只是為了活著所需要的錢，她大可以宣稱自己是一個孤兒，然後去取資助活著，或是去工作過活，所以最大的問題，是她有一個母親。

她們一起離開班房，搞笑主任一面搖頭，一面坐著把文件疊齊。我看著松鼠和她的母親走向梯間，然後從校門出來，一起走到街道上面，經過了一個十字路口，她們便各自各走。如果可以的話，她們應該永遠分開去不同的地方，因為現在的她們，一旦到了夜晚又要走在一起，這是非常可憐的事。

接下來有幾個星期，松鼠同學都沒再回來，因為她在家裡鎅手，流了一地的血，被送到了醫院。這件事情是搞笑主任告訴我的：「她不會來上課了。」相信對松鼠而言，上不上學應該不太重要，但對於我，這卻是我對「死亡」最深刻的一段記憶。

「她沒要事吧？」

「聽說在留院。」

「原來是這樣……」

我在每一節課上，嘗試仔細留意班上同學的反應。到底一個人的死，對其他人是有影響，抑或是沒影響呢？這樣的問題，我真的很想知道答案。

結果所有人對於松鼠同學的一切都三緘其口，我的課堂沒有了她的玩笑，本就沉悶的課堂跟著變得更加沉悶。有些人如常活著，有些人在課堂上睡著了覺，但是這個地方的氛圍，卻的確因為一個人的不存在而不同了。好像一張崩了一角的A4紙，紙不是不能用，但它確實崩了一角。

松鼠同學還好嗎？我本想這樣問，覺得她的朋友可能知道她的近況。但是想著，又覺得這種問題很蠢……都已經活到想死，這種生活還有誰會覺得好呢？

「如果你們有甚麼需要幫助的話，可以告訴老師，或者社工。」我循例告訴學生。

椅子空著，沒有人來，真正推動人去死的是一種虛無、一種與人連結的失效——松鼠同學身邊並非一個人都沒有——但可能是我們都沒辦法了，被迫以「唯有如此」的方式，作為面對世界的最後一口氣的抗衡。

後來我的實習，變成了全間學校的事——校長介入了，搞笑主任要捉著他的學生聊天，社工陸續去與每一個人傾談。我的實習無聲地結束了，沒有其他人的盛大歡送典禮，我也沒有再見過松鼠同學，而我此後所做的第一件事，也只是再與輔導中心的漂亮姐姐，預約時間見面而已。

漂亮姐姐辦公室的書架，已被清空得七七八八。我平常對漂亮姐姐說話時很喜歡看著的一堆書脊、胡桃夾子的木偶，以及那個冬夜雪景的水晶球，它們都消失無蹤了。

漂亮姐姐問我：「你這是畢業了嗎？之後還有沒有甚麼要做？」

「沒有了。」我回答她：「等待證書頒發，我便正式畢業。」我看著她背後的窗。我第一次到這裡來，當時仍未入冬，直至我的實習結束，那已將近炎夏。「很多同學都在找工作，很多中學已經開始招聘。」

找了甚麼工作？哪間學校有空缺呢？他們見面時候來來去去都是討論這些話題。有些時候會兩三個人一起收到同一間學校的面試邀請，他們會問其他人收不收到。少年P很快便被學校聘用，不過他還會繼續找，他說是他選擇學校，不是學校選他。

「可是對於我的學生，我還是感到抱歉。」我告訴漂亮姐姐：「我對他們說出那樣的話了（罵他們弱智），甚至到了最後，我也沒有教過他們甚麼。」

漂亮姐姐沒再束起馬尾，頭髮沿她臉頰垂落，她的臉變瘦削了，顯得比往常更溫柔些。我想讚她漂亮，但又打消了這個念頭。我看見她左手的無名指上有一隻戒指，這時我想她應該已經嫁人。不過以上都是猜測，她的私事我不好意思問。

「我盡可能把每一節課教好，但坦白說，其實教得不好。」我猜到漂亮姐姐要說甚麼：「我是不知道甚麼叫客觀的『好』，而且要說我的教學『完全沒有用』的話，又好像太過誇張。」漂亮姐姐看見我自言自語，她微笑著。

「你知道嗎？雖然教得不好，但也有幾個學生算是喜歡我的……他們應該沒有裝成很喜歡我的必要？畢竟我都離開了，他們未來的成績也與我無關。」我對自己說：「我想的確有幾個人，會喜歡我做的簡報，例如那些蝙蝠俠、蜘蛛俠之類的圖案。」

我總結道：「雖然不喜歡我的人應該會比較多，但一班有四十個人的話，也會有一兩個人是喜歡我……我想。」

「也有學生是喜歡你的。」漂亮姐姐點點頭。

「例如兔子？」我嘗試回想我離開學校之前的情景：「有時他們會來教員室找我問

功課，我無法 100% 讓他們明白，但如果有七成的話，已很不錯了。」還有貓頭鷹，我不知道這算不算是喜歡：「也有些同學會問我 Instagram 叫甚麼名字，我告訴他們之後，他們竟然出奇地興奮，很奇怪。」

明明是個甚麼也沒有的帳戶而已，我平常也不會更新。

「如果他們不喜歡我，應該沒必要這樣做？」我想起松鼠同學，畢竟在我實習期間，很多事情其實都由她而生：「又或許這樣吧……松鼠同學不喜歡我，也是人之常情。」直至回想自己當初竟然對她感到厭惡，我更加覺得羞愧，「她只是一個學生，我恨她有甚麼用呢？」

漂亮姐姐側著頭。我深深記得那些被陽光所照見的許多塵埃，它們在光線底下飄搖，飄在半空、飄到灰色書架上面。因為她背後的書架全清空了，我少有地直視她的眼睛。

她說：「我留意到，你好像原諒她了？」

「只是後來，都這樣了。」我告訴漂亮姐姐，在實習期間我又再喝酒、又吸了煙、去抱了別人的女友、胡亂吃藥，還有松鼠同學後來發生的一切。「與其說我原諒她，不如說是我希望她原諒我。畢竟他們在我身上，根本甚麼也沒有學到。」

「連我自己也一樣，甚麼也沒有。」我猜到漂亮姐姐會說甚麼，於是我補充說：「又不是真的『甚麼也沒有』！」

「那麼，我可不可以知道，你感覺自己得到了甚麼？」

我們陷入了悠長的沉默。漂亮姐姐如常地盯著我，要是平時，如果我甚麼都不說的話，她一定會盯到讓我說出甚麼來。可是那天，我真的沒有答案。

我與D小姐分手，確定自己得了焦慮，每天晚上要吃一次藥，以及認識了少年P，結識她的女友，回到母校，見到搞笑主任，見到松鼠同學，甚至從教育文憑畢業⋯⋯經過了那麼多的悲傷後，到底我得到了甚麼呢？

「我也不知道。」我回答漂亮姐姐，「可能真的會有我們不能察覺的『甚麼』留下來吧？」

她問我之後有何打算。

我告訴她：「我會搬出去，離開那個家。」

我之後要住的地方，在某個舊區裡面的「唐七樓」上，就是老老舊舊的一幢沒有電梯的矮樓裡面最頂層的單位。我今後每次出外，抑或回去，都要走七層樓梯。可能因為我年紀還輕，只是樓梯的話我還捱得住，於是業主也以很優惠的價錢，把單位租給了我。

你知道嗎？唐七樓是個很麻煩的地方，雖然租金便宜一點，但我每次要買傢俬的話，要麼是我自己把傢俬從地下搬到樓上，或是要多付一點運費，找人替我把東西搬上樓去。所以我住的地方沒有甚麼傢俬，只有最起初的一張牀、四面牆。

當我對漂亮姐姐提起我未來要住的地方是何等惡劣時，我清楚地記得我是笑著說的。例如為了節省運費，我在傢俬店買了一張很便宜的書桌後，便選擇自行托它回家，在乘搭巴士回到樓下的路上，還要抵受著旁人目光。那張書桌，我買回來時只有一塊木板、四隻枱腳，用一個厚厚的紙皮盒包著，須要我帶回家後自行組裝。可是它對我而言已經很沉重了。

我半拉半抬地把書桌從地面搬到一樓，然後在一樓的兩道大閘之間休息了很久。那棟唐樓，一梯兩伙，兩道大閘是相互對著的，我一想到之後還有六層樓梯就覺得很累。一束束的電線沿天花的邊緣向上延伸，雖然每一層樓都有照明，但也只是一個個用電線吊著的殘舊燈泡，而且電線還積滿了塵，長年沒人清理。

漂亮姐姐問我習不習慣，「唐樓的話，生活會不方便嗎？」

「還好吧。」我回答漂亮姐姐。「我挺喜歡那裡。」

我一面拖拉著書桌的紙皮盒，一面在每一層樓停留，可能拖拉聲太大了，有時有鄰居會打開門看看外面發生甚麼事。我們一旦四目交投，我便覺得尷尬，我鼓起勇氣對他們解釋，我要把書桌搬到頂樓，不好意思，吵到你們。他們覺得沒所謂，只是看看是甚麼聲音。我向他們自我介紹，我住頂樓，是新搬來的住客。

再向上走時，我踢到一個竹簍，不知道是哪家人的。幾天之前曾經下雨，梯間的積水也開始多，在地上拖拉的紙皮盒變骯髒了，地上的水窪混合鞋底的沙泥與污漬後，也變成了一灘黑色的水，以及一些泡沫。我踏過去後，也終於回到我的家了。

這個時候，真正屬於我的傢俬終於由一張牀變成了一張牀和一張書桌。「下一步的話，我真的很想有一個書櫃。」說到這裡，我竟然哭：「但是書櫃很貴啊，也很重。」

漂亮姐姐看著我哭：「這個家對你很重要。」

「嗯。」我一邊哭，一邊笑：「我是不是很奇怪？」

「甚麼為之『奇怪』呢？」

「很對不起，今天最後一次見你，我竟然跟你談『書櫃』。」我向漂亮姐姐道歉。

「只要是你重視的，就沒有甚麼是不重要。」

今後我會努力工作的。可能是為了書櫃？我不肯定。我開始對漂亮姐姐談起未來，關於我未來要怎樣、我未來要怎樣，以前從來都不敢想象。我對她說，我之後不會成為教師——可能是我不想做；也可能是我的能力所限，我不能做。但不重要了，總之我不會成為教師。

「我會回到我讀書時候做兼職的地方。實習結束之後，我便與以前的上司聯絡上了，他說可以讓我直接轉成全職。我的上司知道我在讀書，他以為我會成為教師。他問我覺不覺得可惜。」我反問漂亮姐姐：「你知不知道我怎樣答他？」

「你怎樣回答他？」漂亮姐姐問。

修讀教育文憑之前，我一直是個編輯，負責副刊文稿的編輯工作。好像改錯字啊，加標題，以及收集外來的稿件，與外面的作者聯絡等等。我向漂亮姐姐分享我的工作，每一個月我都要整理一次自己今個月的稿件有多少人分享、多少人點擊，例如我近來最多人看的稿件其實關於「吃薯片時怎樣不弄髒雙手」。

「我答我的上司，我沒有做過一份比這工作更有意義的事了！然後我們笑了很久。」如今我在漂亮姐姐面前所回憶起的，已經是很多無關痛癢的小事：「現在我很喜歡小事。」

這份工作不僅沒有意義，而且薪金只有教師的三分之一。沉悶、重複、機械，就算世界上再沒有人吃薯片，人類的發展也不會因此停頓，可是我竟能靠著這份工作活著。單單是這一點，已經讓我對這份工作深深著迷，在我收到每一篇可能會很多人看而且沒有意義的文稿時，我都會向我上司歡呼，還會擊掌——

沒有意義！一切都沒有意義！

在我握拳高呼的剎那間，我看見漂亮姐姐合起嘴巴忍笑的模樣，也彷彿在她的眼睛裡面，看見一個為了書櫃而哭，為了薯片而笑的人了。我安慰漂亮姐姐：「不要緊，你也可以笑，我真心覺得這件事情很好笑。」直至看見漂亮姐姐笑我，我發現自己並不討厭逗笑別人，而且知道竟然有人因為自己而笑時，我更沉醉在那善意當中。

漂亮姐姐一面笑，一面問：「這是你的決定了嗎？」

「我很久沒有這樣輕鬆過。」我告訴漂亮姐姐：「我真的決定好了。」

臨離開前，漂亮姐姐在辦公桌的抽屜裡面翻找，最後找來了幾張明信片。她說要送給我，當是紀念品。我心裡想：啊——好像玩完過車山後的紀念照片。

漂亮姐姐說是一位藝術系的學生給她，想她幫忙送給其他人。那幾張卡上面都畫了一團黑雲，每一團都很可憐，它們捧著不同的紙板，上面寫著不同的字。

其中一張，是一片笑著的烏雲，它捧著紙板，露出整齊雪白的牙齒，燦爛地笑，卡上面寫著一句「Be yourself」。我握著卡的一角，讓它擺動，它好像會一邊跳舞，一邊「Be yourself 吧」、「Be yourself 吧」地叫著。

我接過她手上的明信片：「謝謝。」在我們的最後一次見面，我第一次感謝她。

她問我：「你在感謝我甚麼呢？」

我看著她背後的窗、她背後的書櫃，她辦公桌上有一張寫滿英文字的紙，因為我是倒轉看的，所以甚麼都看不懂。外面的陽光很猛烈，我告訴自己，一會兒離開的話，我要去大學旁邊的餐廳吃個午飯。

「方方面面吧，甚麼都好。」我也不知道應該怎樣說，突然被她這樣問起，我確實有點尷尬。

漂亮姐姐伸出一隻手，想和我握手。我這才想到原來我不曾觸碰過她（當然也不可能突然觸碰女人），因此我實在感到詫異。那個下午我可以肯定，我不是因為寂寞而找人來，也不是因為醉酒而胡亂找一個人，這樣一個人的觸感，比以往都實在。

「好像是一幕戲要結束的感覺。」

「又可能是下一幕的開始？」

「這樣下去的話，人生的困難好像永遠不會完。」

「有誰說過人生很容易嗎？」她攤開雙手，忽然異常認真地對我說：「我沒有說過啊！」

她說要送我出去。我們重新踏出辦公室，重新走過那些走廊、那個櫃枱，走到通往外面的大道前面。我回頭對她揮手，說了再見。

不論是漂亮姐姐，抑或是瘦削醫生，說實話他們都沒有把我治好。我不是因為有誰把針打進我的腦袋，或是逼我吃了一大堆藥，然後讓我「一下子」好過來的，而是我所遇到的一切人和事物，他們一環接一環地撞進我的生活，莫名其妙地在我生命當中產生莫名其妙的影響。

離開的路上，我記起一開始的地圖。那是我一開始遇見漂亮姐姐時，她為我畫的。上面是一條橫線，寫著我在過去喝過的酒，我這一生人所遇過的人，那些傷害過我、幫助過我的人，以及很多很多無疾而終的愛情。我曾以為這裡會有一個儀式，把我過去的所有記憶燒毀，但它沒有，反而這些記憶都留下來了，而且寫在一張地圖上面，每一件事、每一個人我都記得如此清晰。

我的感覺是——我不是因為忘記而變好的，而是透過記得，它讓我記起「自己」。

我搬走之前，的確想過要告訴那個家裡的人，例如「媽——我搬走了」這樣，但不論怎樣細想，都覺得不可能了。

我一直以為搬家很忙，這固然受我小時候的印象影響。以前我經過樓下，不時看見一架很大的貨車來到，然後泊車的地方旁邊會放滿一箱箱的雜物，還有衣櫃啊、抽屜之類，那些雜物全部用磨砂面的有蓋膠箱裝好，封好一層層的膠紙。可能有某個小孩會坐在馬路旁邊的沙發上面，看著從遠方來的抬著紙皮箱的爸爸。我在一旁等待所有傢俬到齊，然後看著它們一件一件被送上貨車。

直到我要搬走，搬家的場景反而來得很淡。如果不計算為了節省金錢而搬走的部分（例如我要帶走的一堆衣物），這裡重要的東西已所剩無幾，而我全部行李也用一個背包便裝好了，我沒有必須帶走的照片、擺設、信件……也沒有必須要留下來的甚麼。

本來我希望靜悄悄地走。最好在前一個晚上他們都不知道我曾回來，然後隔天早上我便從此失蹤。雖然本身已無情感可言，但在離別前的最後一夜，最好也別再傷多餘的感情了，算是為了大家。可是離開之前，我還是走到那個雪櫃前面，忽然在悼念甚麼似的，想念起那片趴在雪櫃前面時可以看見的高樓。怎料我連看窗都吵醒了她。

「一大清早吵吵鬧鬧！」那個女人罵。

她起牀時候的樣子很恐怖。她電了曲髮，細圈的卷度，像所有上了年紀的主婦。她的眼圈很大，罵完我後，她的嘴是扁著的，嘴巴還碎碎念著。我開始回想我們之間到底甚麼出了錯。

「又一晚不回來！」

我最後離開的感想竟是這些：到頭來我只是不想一舉手一投足都被人跟進。我想轉身就跳到牀上。我想自己舉手時候不會碰到牀板。我想回家以後一打開門，沒有聲音、沒有光。我想有人明白我根本不喜歡看電視，我不想聽到它半點的聲音。

隨之她要求我的毛巾要放這裡、熱水爐甚麼時候要開、甚麼時候要關，可是我呢？從來沒有人問過我想怎樣。一件事情也沒問過。自我讀完教育文憑並決定不做教師以後，我的人生其實沒有太大分別。可能是多背了一筆學債，但也不過四萬多元，一兩年後總會儲得回來，但除此以外，一切都好像風，全部都在時間線上向我的身後飄去，然後便沒有了。

「人讀書你讀書，你看你讀成甚麼模樣！」她咧嘴一笑：「你有甚麼是做得成的？」

那個學位真正的殘影，只是那個女人對我冷嘲熱諷的話題，後來又多了幾個——一大清早、十問九不應、你的學位呢、找到工作了沒有、老師很厲害喔、你一毛錢也沒有帶過回來。我竟然想過和她好來好去，現在回想也是天真。

「你夠膽走了就不要回來！」

那個清晨一打開門，早上的冷風便吹了進來，吹動屋內的毛巾。她睜大眼。那是我深陷入泥沼的這幾年中，第一次看著她的眼睛。

「我真的不會回來。」我說，然後風便急了，我只得趕緊關門。我對那個地方的最後印象是——毛巾都被吹落一地，我以為她要發狂罵我，但門關上後就沒有聲音，今生此後她也沒罵過我。總之無論怎樣，我都已經走了。

家庭對我有何影響，我不敢把它說得太重，可是事到如今，我又不可能告訴你們它與我無關。我想承認，家庭的確對我的影響很深，而且短期而言都不能輕易磨滅。

我的家庭比任何一個都完整。我是全家年紀最小的，如果要打個比喻，我對他們說話就好像在一個山頂向對面山頂大叫一樣，等到我的回音擴散到他們耳邊時，他們可能已經轉了身，離開了。

我在完好無缺的家庭中冷漠地成長過來，在我身上發生何事，一向無人過問，而我們之間最親密的交往，很可能是小學某次我要去考試之前，我遭到母親連番的嘲諷：

你怎樣都讀不成書，還去考甚麼試呢？我知道二十五歲還記住這麼多年前的事是很小器，但我又真的無法遺忘，實在非常抱歉。

我所度過的童年，由始至終劃定了我與人交往的界限。無論怎樣努力想打開話題，無論怎樣想與人好好談談，我在那個地方都會失敗收場——要麼被責難、要麼被質問——我因而認定自己無法與人對話，又因而錯過了無數的可以對話的人。我好像說甚麼都不對，無奈話聲也跟著消亡。

一生以來，像「怎樣與人交往」這樣的課題我都無緣練習。可能有人早在四、五歲時，已經能夠在第一個可以交談的人身上（例如家人），學懂與人交往的技巧，但我應該向誰學呢？結果進到學校，我在與人交際的技巧上始終落後於人，下課之後我都只能一個人走。情況直至中學、直至大學，都沒改變過。

後來性格變得如此孤僻，其實我也不想，但到底「打開心扉」是所謂何事，我不是不想明白，只是我總無法掌握應該把這些心扉打開到甚麼角度。一旦打得不夠開，別人覺得我虛情假意；到我真正打開，別人又覺得我血淋淋了。

雖然在我與D小姐交往期間，的確能從她身上感到親切的暖意，但到底而言，那個家庭又把我拉了回來，我完全無法想象兩個人之間的愛情（好像我的父母），甚或是所謂的成家立室（好像我的家）可以讓我得到任何幸福。

我在他們身上，只能看見愛情無盡的苦難，沒有詛咒比白頭偕老更惡毒了，一男一女竟要窮盡一生互相迫害，實在令人心寒。本來我應該遁入空門，背離人群，可是作為男人，我對女人的渴望又不能自已，這也讓我走向更加荒謬的地步——明知愛情一無所獲，我還是一頭栽了進去，隨之釀成更多的災難。

所以，家庭對我的影響，就是我今日這般模樣。如果有人跑來，告訴我世上還有很多婚姻成功、愛情成功的例子，我一定會報以微笑，並羡慕她／他竟有見證幸福的運氣。我不否認世上的確存在多於一人的幸福，例如婚姻，或是家庭，只是這些幸福沒有在我身上降臨。現在的我只希望得到諒解，幸福我可以不追求，但請讓我獨善其身，使我免於再受情感的打擊。

我想去個容得下我的地方，就此孤身一人，而當我一離開，我也變得不恨他們。不是過去的記憶在我搬家之後一筆勾銷，而是他們再做甚麼也沒所謂了。以前「家」所指的，那個幾百呎大但住了幾個大人的地方，現在變成了一個唐七樓上家徒四壁的建築構體。當我再打開「家」門，裡面終於一個人都沒有，我的歲月若然能在寂靜之中度過，我已覺得心滿意足。

我盡量避免與人見面，從此深居簡出（畢竟住在唐七樓上，每次出外都會很累）。加上本來我已不多朋友，向窗外望去也只有一條無人的街，從此我在這裡可以見到的人，也跟著變得很少。等到這裡再有人來，蟬已經開始叫了，正午曬在馬路上的太陽反光得刺眼。

E小姐是第一個踏入我家的外人。自我們上次從公園分別，我們已經沒有聯絡。我以為自己今生與她不會再次相見，可是機緣巧合之下，少年P知道了我一個人搬出去住的消息，便致電給我約我去打邊爐。而E小姐也是從這時候起，知道我自己一個人住。

因為地方淺窄，位置偏僻，就算是朋友要求（其實也只有少年P罷），我也總是推搪，不想他們過來。雖然他們是要賀我喬遷之喜，可是正因這裡租金便宜，地方很難得體，每次我看著這面牆上可憐的裂縫時，我都覺得沒有甚麼好慶賀的。

但是E小姐的要求，我無論如何都推卻不了。她經常說要上來看看我的住處，不管那裡怎樣殘破骯髒，她說她都想來看一眼。我們很強調「一眼」，或許是因為我都流落到這地步了，要是她留下來，我也覺得不好意思。總之她說想來煮飯，她說覺得好玩。至於我，一方面去準備煮飯用的鍋子，另一方面也有去買安全套。

關於這一件事，我一直覺得抱歉。畢竟她已有男友，而我對她也不是愛得很深，只是因為以前和她抱了一晚，因而對她有了特殊的情感。我很喜歡她，但我又不希望自己太喜歡她，所以我其實不怎麼喜歡她吧——大約是這種程度的關係。至於我買安全套也不是刻意要和她做愛，只是如果她上來我家，我又不可能只和她煮飯。

我在地鐵站內等E小姐來，第一眼便被她的熱褲，以及那件讓人看見乳溝的黑色背心深深吸引。那是整個夏季最炎熱的一天，就算只是走在馬路旁邊，都可以看見從馬路升起的熱氣。我帶她走過繁華的街道，轉入冷清的巷，這條回家的路，以前只有我一個人走，如今多了一個人，也導致我經常要回頭看她。

這是我第一次牽著女人的手去買菜。可能是因為夏天，她的手有汗，我喜歡把她的手汗擦在她的衣背，這時她就會罵我，不讓我牽，但我一定要牽著她（總之覺得有趣）。路上她告訴我她有男朋友，我說我一早知道，只是我沒放手，她也沒放，我們就這樣牽著手去買菜。

E小姐說她想煮番茄炒蛋，以及煎一塊牛排。我覺得她最漂亮的剎那間，應該是她買餸時候，她在一個菜檔面前踮起了腳，在很多棵一樣的菜裡面揀選了她最喜歡的一棵。那時候她的上衣微微提起，讓我看見了她的腰，還有她熱褲底下那臀部的曲線，這一切都令我不能忘懷。

我的家幾近空無一物，怎料我要買的書櫃還未添置，便首先為她買電磁爐了（這一件事，我沒告訴她）。我說廚房的廚具，請她隨便使用，但實際上只有基本的用品而已，連我的第二隻碗、第二隻湯匙、第二雙筷子也是事前才為她添置。

「我從沒想過會有人來。」我說。

她一邊洗菜，一邊罵我：「一直都是你收起自己。」

「可能是這樣吧……」

「根本是這樣。」

我對她洗菜的背影問：「你不覺得我是個怪人嗎？」

「覺得啊。」她說。

然後我們陷入一片沉默。我以為她會再說下去，例如我有甚麼奇怪，或是我應該怎樣改變我的奇怪之類。

她反問我：「有甚麼問題嗎？」

「我對你說的話，你真的不會與人分享嗎？」我希望她能答應我。

她搖頭：「不會啊。」

「我很少對人說起這些事情。」我接著說：「無論發生甚麼事，你都不可以對人提起這件事，這樣可以嗎？」

「我想可以吧……但也要看是甚麼事情。」她關上水龍頭，響徹整間屋子的水聲靜息：「是甚麼事呢？」

「我可不可以抱著你說？」我問。

E小姐對我說過要我「等她」，但我已沒法再向她提起。每一個人都說「What happens in XX, stays in XX.」我一直無法理解這種說法。若然我們要以國界或甚麼地方來釐定忘記的界限，那麼一旦我們要回去的話該怎麼辦呢？事實是我們好像闖進了一團霧，未等到我們離開那個地方，便已扮作甚麼都不記得了。

我們赤身裸體，躺在客廳中央的牀上，她側躺著面對我，捲著我的被鋪。蟬叫包圍我們，我感到我們的皮膚上面，一直有一層薄薄的汗，可正因如此，我才感覺得到她的肉體是真實的，而不是我在過去幾個孤獨的夜裡所發的夢。我們在午後做愛，最後因為天氣太熱，還是把被鋪踢了一地，就這樣把自己的每一寸皮膚都貼向對方，如此在日光之中一起睡著了覺。風吹過我們的裸體，天色也漸入黑。

E小姐在我的懷裡問：「你看見我和他一起時，你是甚麼感覺呢？」

如果那個時候我說「介意」，大概我們已經在一起了。但我只是親吻了她，然後一起把曾經做愛的證據逐件消滅。我扣好她的胸圍，為她穿好她的內褲，叫她舉高手，把黑色的背心穿到她身上了（我一直覺得，為女人穿衣服，比脫下女人的衣服有趣）。

直到我們連被鋪都摺疊好後，這個地方，也終於不再有她存在的痕跡。

後來我送走了E小姐，我們從家裡出發，並肩走著，卻形同陌路，一轉眼間便已搭上火車。火車很快鑽進隧道，車窗變成全黑色的，夜半只剩我倆的倒影。火車跟著路軌的方向擺動，最後鑽出隧道，風聲也跟著消散。我們再說話，是火車離開隧道之後的事。

我們之間全是客套的對話，但卻無一不是圍繞著少年P的。他在學校的工作忙碌嗎？教師的待遇很好吧，工作也很穩定吧？他們有了錢，也開始計劃著將來的事，例如買樓，例如結婚。E小姐對我說，少年P對她其實也不錯吧，可以聽見她這樣說，我也覺得高興。

本來我想把她送到大廈門前，但她拒絕了我，她說不用，送到這裡便很足夠。我們在月台道了別，我便一個人前往對面月台，搭上相反方向的列車。車廂裡面只有疏疏落落的幾隻人影，E小姐漸漸消失在月台的人群之中。

因為覺得不好意思，之後我無法再聯絡少年P了。至於E小姐，我們則是默契地一起沒有再找大家。

第八章

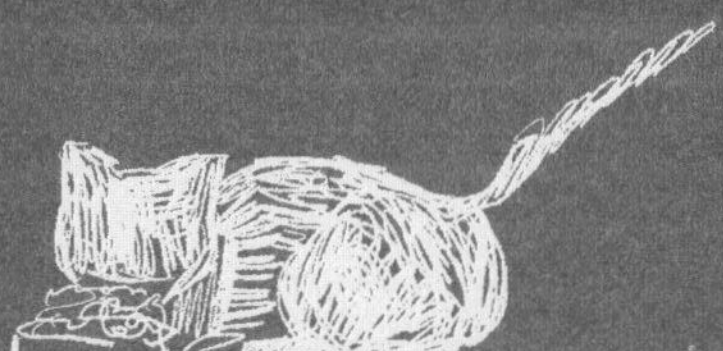

記得在我入住宿舍後的第三天左右，我便認識了S小姐。

雖然她是個不折不扣的女人，但有時我會懷疑她的家鄉是亞馬遜森林的某處，她會拉著樹藤在森林亂蕩。

記得一次，S小姐向我分享她的學期報告，講到冷氣機內的細菌應該如何分類以及檢驗，並講到她在外國網站上購買到的細菌比學校本身培養的好時，我頓時覺得，她於我而言已經與其他女人不一樣了。由於她天生有成為白癡的本能，所以與她混在一起，我也覺得自在。

由於大學時候的感情觀念荒謬，所以當年不時被她教訓，例如我應該離開誰、應該怎樣對待別的女人，以及身為一個女性她會如何看我，諸如此類的話題，她對我的評語總離不開一句「仆街」。無奈她的教訓於我一概無用，最後我總會撞向冰山。或許她是討厭我為人的，我認為。

在宿舍生活期間，有時我們會一起吃飯，但也不算經常。有時我們會一起去大排檔，點一兩瓶啤酒，以及一些可憐的小菜、白飯。我們偶有遇到喜歡的電影時，也會趁著大學課堂的空檔一起去看。偶然我會去找她喝些啤酒，然後甚麼都沒有發生。由於當時的

S小姐還是單身，所以不時有宿舍的朋友問我，到底有沒有和她做過愛。

S小姐曾經與某個男人有過一段短暫的戀情，但自從她分了手，向我抱怨了一句「全部男人都是仆街」之後，便獨自一人到了泰國旅行。隨後我也有一段時間沒再與她聯絡。

直至我們畢業，碰巧在同區上班，所以偶然才有機會，相約一起去吃午餐。她會帶我到區內各式奇形怪狀的餐廳，我也是在這時候得知終於再有男生對她展開追求。當時S小姐對他的態度，我覺得有點模稜兩可，她好像愛他，又好像不愛，彷彿拍不拍拖也無所謂。我笑著對她說，我覺得這男生不錯，絕對比她以前的男友好。

後來他們終於在一起了。S小姐向我分享男友怎樣追求她時，總是笑著說的。有時她會向我分享她的男友做過甚麼。他們吵架的時候，她會說她的男友很蠢，但從她的眼睛裡，我感覺她能得到我無法給人的幸福。他倆拍過的拖都不太多，因此看著他們一起，也讓我少有地感受到愛情本來應有的溫度。愛情是有希望的，如此想法，的確有一瞬間閃過我的腦海。

在她開始拍拖之後，我如常和她到處逛街。對於她已經有男朋友的事，起初我沒太在意。我對待她如以往一樣，有時會看電影、有時會去吃飯。雖然她偶然會提起她的男友，但他們發生的事，我倒沒過問太多。

我最後一次和S小姐見面，我們幾乎在沙田迷路（說來丟臉，但確是如此）。我們到處尋找要去的餐廳，但到過幾間，要麼關門了，要麼客人太多。於是近晚時分我們離開商場，穿過公園，在樹椏下經過城門河，走向沙田的文化博物館。我對她的最後印象，便是吃飽飯後，我們一起到一田買酒。像以前到大排檔吃飯一樣，喝的還是以前的啤酒。

沙田旁邊有一個戲院，戲院前面有一塊草地。我們在草地坐著，S小姐說她剛才吃得不夠飽，所以買了一盒壽司。電影院外的屏幕一連播了幾套電影的預告，那些光芒以及花火都照在她的臉上，連她的眼裡都映著那一點光。

我說我近來生活不太好。後來她向我轉述男友的想法，他覺得我們好像太相熟了，為甚麼經常與我外出，不過她說他只是說笑，沒有特別意思。我點點頭，笑了笑，禮貌地轉了話題，談起我們近來的工作。

當夜在我搭車回家的路上，下著毛毛細雨，車窗外面一片漆黑。我覺得今後都不可能見到她了，像其他我所認識的人一樣。

我最後一件想對你們說的小事是，在我與E小姐從此分別的當夜，我遇到一隻貓。貓是全黑色的，在那夜裡只讓人看見一雙發光的眼睛，並且「喵——」地低沉地叫著。我所住的地方周圍，到處只剩下用紅色工字鐵支撐的鐵皮，以及地盤圍板四周照明不足的行人路。如果不是我遇上了偶然的「空洞」，我大概不會停下來，也不可能察覺那一聲「喵」叫。

我向著貓叫的方向望，只看見牠佇立在唐樓大門的一旁，嚴肅地緊盯著我。這一隻貓，我以前從未見過，但以我失去了家人、失去了朋友，以及失去了喜歡的女人的一夜來說，我覺得這一隻貓的身上一定會有甚麼隱喻。我們互相對望，各自定著不動。

我輕聲問貓：「你肚餓嗎？」

「喵——」貓在黑暗中張大了口，像伸懶腰似的叫著。

「你沒有朋友嗎？」

貓沒有答。

「家人都沒有？」

「女人也應該有吧？」

貓依舊沉默。

「你被人遺棄了喔？」

貓保持肅立。

「我買東西給你吃好不好啊？」我問貓。

「喵——」貓說。

我沿路折返，仔細察看到底有沒有可以買到貓罐頭的地方。起初只打算隨便找找（又或許是我不想太早面對那七層回家的樓梯，因而才想到處亂晃），都這麼夜了，還有甚麼地方會賣貓罐頭呢？但我不經不覺便走了兩個街口，一直沿著無人的冷巷走去，愈走愈急：如果牠在今晚餓死，只留低我一個人的話，我可以怎麼辦呢？我一面覺得自己的想法好笑，一面又焦急起來。

轉出大街後，馬路對面便有一家已下半閘的寵物店，裡面還有光，好像還有人。我看看左右，確認馬路上沒有車後便飛奔過去，跨過中間的花槽，跳過欄杆，來到對面的寵物店前。裡面的職員看見我急步跑來，以為發生甚麼事了，全部一起看著我。

「不好意思！」我向寵物店內大叫。

職員彎下腰，微微推起鐵閘，我沒等他說話，已忍不住大叫出來：

「我想要貓罐頭！」

她愣著了（是個戴著帽子的少女，我看不清楚她的面目）。隨之我就覺得，自己好像很沒禮貌，於是我向她道歉，接著才重複我的問題。

「我們關店了，你明天再來吧……」店員說。

「不好意思！我真的只是想要幾個貓罐頭！」

她搔搔後頸，好像為著我的請求苦惱。我告訴她，我看見一隻流浪貓，覺得牠很可憐，想給牠一點食物。「原來是這樣啊……」然後她把罐頭交給了我，我付了錢後便急步離開。但當我再回到那棟唐樓底下時，貓已經不見了。

我扮成一隻貓地叫著：「喵——」但我不知道貓語應該怎樣說貓罐頭，所以便說：「有罐頭啊——喵——」一時之間，這些話語都好像墮進空無。我心想，貓走了，罐頭也好像沒有用了，於是我把罐頭打開，放在我的腳前，如果最後沒有貓，我便把它掉進垃圾筒吧。

「喵——」

黑貓一步一步地踢出牠的腿，我們對峙著，在遠處我只能看見牠的眼睛。牠既不接近我，但視線又不離開我的罐頭。啊，後來我才想到，流浪貓可能怕人，於是我慢慢地把罐頭推前，小心翼翼地把它放在我們中間的地上，然後急步退回去。貓確定我不會上前之後，才開始吃我的罐頭。

我在行人路上和牠保持著接近五米的距離。在一圈路燈的光下面，我第一次看清楚黑貓的樣子，牠的眼睛很大，讓我在黑暗中以為牠是一隻老貓，但我再看牠的體型，牠很可能只有幾個月大。我蹲在地上，看牠吃著罐頭，和牠談起天來。

我告訴牠E小姐的事，也對牠說了很多我對E小姐的感覺，我覺得她很漂亮，她很好，而且我剛剛這樣那樣的，送走了一個我很喜歡的女生。貓只顧著吃，從來沒有理會我，可是和牠談過了後，我覺得舒服了很多。

作為一隻流浪貓，不知道為甚麼，牠好像不太怕人，於是我想，牠會不會只是走失了呢？如果可以的話，或許我能替牠找回牠的主人？畢竟把貓留在街上，也好像有點危險。

我問貓：「你很可憐啊，無家可歸，你有主人嗎？」

黑貓的嘴角，全是貓罐頭的食物碎屑。

我再問貓：「我替你找回主人吧，好不好啊？」

等貓把罐頭吃完，我便抱起了牠（牠竟然沒有跑走，也沒對我連番抓擊，這一切都令我確信牠有人養）。接著我一隻手捧著三個罐頭，一隻手抱著貓，把牠帶了回家。

「我一定會找到你的主人！一定會！一定！」我答應黑貓。

「喵——」貓說。

黑貓就這樣在我家裡暫住下來，而我為了找回貓主，用盡不同辦法。例如在尋獲牠的那條路上貼滿街招，在不同的社區 Facebook 專頁上寫出我拾獲牠的過程。黑貓被我拍照時，有時會貼著鏡頭，有時會瞇起眼睛躺著，擺出一副懶洋洋的樣子。牠的掌心是粉紅色的，從而使得這些文章引起不少迴響。

「那夜我見牠的樣子很可憐，於是買了罐頭，把牠撿了回家。請問附近有人遺失了一隻貓嗎？」我在網絡上問，為免有變態的人把牠取去，不知會幹出甚麼事來，我寫明要求主人給出一張和牠的合照，以此證明他是貓主（這種要求應該不過分？）。

可是我在網絡得到的回應，全都是「牠很可憐」、「牠很可愛」、「帶牠去看獸醫吧」之類，我要查閱每則訊息，已經浪費了不少的時間，但我生怕自己錯過牠主人的回覆，因此只能逐條細看。

真正和黑貓有關的人，我一個也找不出來，隨著時間過去，我貼的街招被撕得七七八八，網上文章在很多個「Like」之後亦漸被遺忘。我終於帶黑貓去看獸醫，希望貓會有晶片，或是獸醫可以幫我問出牠的住處。

不過，連獸醫先生也無法與貓對談，他只是告訴我：「幸運的是牠沒有大病。」獸醫見我沒有說話，接著問我：「你是想收養牠嗎？」

我遲了帶牠去看醫生，全因我不知道自己是以甚麼身份來帶牠去。我從未想過自己要對甚麼負責，即使是我遇見牠的一夜，我也是完全出於心軟，以及聯想到許多隱喻之後，我才把貓帶了回家。如果牠再留一兩個夜晚，我當然沒有所謂，但如果今後無論疾病健康，都要對牠負責，我真的做得到嗎？

而我當下的困境是，我已經讓黑貓度過一夜的安穩（雖然只有幾個罐頭，以及一個可以睡覺的、不必淋雨的、不必被變態人類追趕的地方），隨之我既不忍心把它放回街上，又沒有信心照顧牠一生一世。

「雖然我這樣說很老套，但這是我對牠一輩子的承諾吧？」我向醫生道歉：「很對不起。」

獸醫先生的眼神裡，閃過了一絲的失望，但這些失望消散得很快，好像這些失望必然存在，只是他見過太多。

「可以讓我認真考慮一下嗎？」我問醫生。我記得我是笑著說的：「我從未試過承諾別人一生。」

那一瞬間，我感覺養貓比結婚莊嚴，無論當初許下怎樣的山盟海誓，婚還是可以隨便離的，但貓就不同，牠是一條生命，每天都會叫。我僅餘能答應獸醫先生的，只是我會替牠找到可以住的地方，以及一定不會把牠掉到街上。

「你就認真考慮一下。如果有甚麼決定，你都跟我說一聲吧。」獸醫先生說。

獸醫先生教了我不少讓牠安頓下來時須要注意的地方，好像貓砂盆、貓砂、貓網之類的東西。如今可以肯定的是，黑貓會暫時在我家裡安頓下來。起初我一心只想找到牠的主人，所以到自己可能成為牠的主人時，我便變得猶豫不決。這讓我想起自己以前的很多愛情，每一次都只想找個女人陪伴我，但當這些女人決意要留下來，甚至說到一生一世都愛我時，都讓我驚惶不已，把我壓得透不過氣。

我既無法對貓承諾，但當我每次想發文為牠找新主人時，我又一直以各種理由拖延，在這關係上持續拉鋸。這種在分手與不分手之間的狀態，讓這件事一直毫無進展，結果我為牠買的東西愈來愈多，由最開始的貓網、貓砂，及至後來每次路過寵物店時逐一挑選的逗貓棒、貓隧道，我買給牠的東西愈來愈大件了，也愈來愈不切實際。

我或許正在重蹈覆轍，一面建立感情、把關係拖延，一面準備在離別時候對人（牠）造成更深的傷害。因此我決定趁牠在吃晚飯，要好好地和牠談談。

「給親愛的貓：

我這一生，罪孽深重，曾經做了很多錯事，很對不起。

有很長一段時間我都在想：我變成今日這個模樣，會不會就是報應了呢？我在以前這樣對待我的朋友、那些曾經愛我的人，所以我變成今日這樣——身邊沒有朋友，也沒有愛人，我就一個人待著，在這樣小小的、殘殘破破的屋子裡面。

我很喜歡你，喜歡和你一起吃晚飯、和你玩貓隧道的日子。你嘴角掛著食物殘渣的樣子，真的很好笑喔，還有你在窗前躺臥著，我差點以為你要死去，隨之我不斷在你的肚子上吸，這些悠閒的午後，直到現在我依然記憶猶新。

這些陽光的溫暖的確讓我感到『幸福』，但是這些時刻每一秒鐘都提醒著我『到底我憑甚麼幸福』。在我經歷過這麼多事之後，我以為自己已經變好，可是到了最後我還這樣，在我和一個人（甚至是一隻貓）交往得最幸福時，我都選擇轉身離開。

我好像希望透過甚麼來懲罰自己。只要我身邊甚麼人都沒有，現在的我足夠慘了，那麼那些我曾經傷害過的人，就可以因為看見我的悲慘而得到解脫。我一直如此深信，而且希望可以讓她知道——我真的一生都不會得到幸福了！我一生都不幸福！

所以我想對你坦白的是：我在以前，曾經欺騙過一個人。

那時候明明我不愛她……或者是……我可能根本不喜歡她，但我卻選擇和她一起，並且在每個和她外出的夜晚，我都告訴她我很愛她、非常高興可以見她。我當時想到的，只是很想有人陪我，因此當我知道她真的很愛我時，我就更加覺得內疚。去見漂亮姐姐，是她叫我去的，在我那些喝醉酒的夜晚裡面，接聽我的電話的人，也還是她。我因為她而變好，所以我啊，算是個甚麼人呢？

隨之我對自己施加的懲罰，後來愈變嚴厲。我把自己拋向孤獨，剝奪了自己幸福的權利——當我感到幸福，我只覺得羞恥，而當我感到痛苦，我就覺得自己罪有應得。直到自己在不知道甚麼時候又找了一個人來，我便又再自責，又再把自己拋向孤獨，不斷循環。

所以現在的我，以及你，到底是處於這個循環的哪部分呢？是因為我想找些甚麼陪我，所以把你帶了回家？還是我確確實實很喜歡你，所以我想繼續和你一起生活呢？我連自己對你有甚麼感覺，現在也不知道，最後好像連感覺都在欺騙自己，可能這就是報應。

總之，很對不起。」

那天晚上，黑貓一直站在我的肩上，看著我寫這一封信，直至我寫到最後，貓看著我在信的結尾寫上我的名字之後，牠便跳落地上，把罐頭吃乾淨了，然後離家出走。

我和D小姐各自找過不同的地方，可是我們都遍尋不獲，絲毫不見貓的影蹤。那個夜晚，好像整個世界所有的貓都消失了。

「為甚麼貓會不見了呢？」D小姐問。

那是一個下著毛毛細雨的夜晚，除了馬路旁邊一街疏疏落落的路燈外，左右兩旁的唐樓只剩低幾戶人家沒有關燈。路燈的淡黃色光，照在她身後落下的雨點上，我們各自撐著雨傘，雨在我倆之間滑落，滴滴答答地響。

「可能是因為，我沒有好好答應貓吧？」

D小姐一臉疑惑：「答應貓？答應牠甚麼？」

我告訴D小姐：「我本來應該答應貓，我會養牠一生一世，但我始終沒有這樣做。」

「你不想養貓嗎？」D小姐問。

「不是不想。」

我一直跟在她的斜後面走，和她隔著一把雨傘的距離。因為我們逆著光，所以她轉身對我說話的時候，在那黑夜的雨傘陰影底下，我不太看得見她的輪廓，只記得那夜她穿著一條白紗織成的夏天的長裙。D小姐和我分手之後，她便剪了一頭短髮。

我們之所以再聯絡上，起初只是因為我認識的人裡面只有她有養貓，我好像是無意找她，也好像故意找她。後來她答應幫我，也答得很快。我們沿途一起「喵——」地叫著：「貓啊！你在哪裡啊？喵？」我們對著每一條窄巷，每一棟唐樓的梯間大叫，可是甚麼貓都沒有，只有我們兩個人扮貓叫的回音。

「謝謝你肯花時間幫我找貓。」我向D小姐道謝。

「不見貓的心情，我也感受過。」D小姐認真地向我解釋，怕我誤會：「我只是不想世界再多了一隻流浪貓。」

「嗯，我知道。」我說。

不見貓的心情，如果具體來說，就是「一個」本來應該完整的心臟，一下子變成了「四分之三」，或者更少。當然要活著的話是很足夠的，但我卻似在人間彌留：現在的我在做甚麼呢？為甚麼我會變成今天這個模樣呢？所有類似的問題，我全部都不知道答案。

D小姐一路帶著貓罐頭，一路引來不同顏色的流浪貓，有淺啡色的、深啡色的，可是沒有一隻是黑色的。D小姐放下罐頭，接著便跑到遠處，遙遠地看著不同顏色的貓。在她找貓的方法中，有些很迷信，有些我聞所未聞，所以我才不明白：「我們只是要找一隻黑貓，為甚麼要把其他貓都餵一次呢？」

D小姐告訴我：「如果要找到黑貓，就要向同區的貓打聽，因為就算目標怎樣明確都好，也會有一大堆不知為甚麼要這樣做的過程。」

但若只談結論，就是這夜下了一整晚的雨，我們兩個人一起走在這無人的街上。

她躲在遠處，輕聲地問貓：「貓啊貓，你們有沒有見過一隻黑色的貓啊？」

啡貓伸了一個懶腰，打了一個很長很長的呵欠，「喵——」牠說。我心裡想，難道D小姐真的知道貓在想甚麼嗎？「即是怎樣？牠知道黑貓在哪裡嗎？」我追問D小姐。

D小姐反問我：「對了，你的貓叫甚麼名字？」

「牠沒有名字。」我回答她。

「噢，這樣的話，有點難找。」D小姐失望地說：「為甚麼貓會沒有名字呢？」

我們沿途一直「喵——」地大叫，「貓啊！貓啊！」我們就這樣走過一條又一條的窄巷，可是到處都沒有黑貓的線索。石頭鋪成的街道佈滿水窪，反射著路燈的光，以及落下的雨。

我如實地告訴了她，貓之所以沒有名字的原因。「我很害怕給了牠名字之後牠便會消失，這樣的話，我一定會很記得牠。」

我以為D小姐應該會明白，但她不明白。「你真的很奇怪。」她一面側著頭，一面用一副「這個男人很奇怪啊」的表情來看我。

「可能牠只是到了附近，應該不難找。」我嘗試轉個話題。

「可能牠是生你的氣。」D小姐罵我：「你連名字也沒有給牠。」

「我很怕重遇。」

「為甚麼？」

「我會內疚，好像每次都會記起做錯的事。」

「但現在你還記得牠啊，而且就算牠沒有了名字，你還不是想找到牠嗎？」

我們一直向外面的街道探索，有些街道多了一些窄巷，有時會有各式各樣的報紙檔，路上我們遇見很多不同的貓。「喵——」每次聽見有貓回應我們，我們都會四處張望，期待今次到底是怎樣的貓，直到我們發現牠不是黑色貓時，又會一起失望得彎下嘴角。

我不知道有這種感覺的人算不算少，我總覺得有些在生命裡曾經出現的人，即使事後我們了無交集也好，我總想告訴她們我後來的狀況。不是為了甚麼，只是為了讓她知道而已。

「現在我的生活，只剩下一隻貓，但到最後我連貓也弄不見了，哈哈。」

她別開了臉，一直在那場雨中，慢慢地、慢慢地走，她的身影離我愈來愈遠。雨水打落地上，落在我們之間，就是這樣一場下了很久的雨。我們一起走了半條街的距離。

「那時的事，很對不起。」我向D小姐道歉。

「不知怎的，我好像在出來之前，就知道你會道歉。」D小姐緩緩地說：「不過，我還是很討厭你。」

而且在我看來，我也不可能期望她會原諒我。

「我只是想確認一下，現在的我，是不是真的不再喜歡你。」

我苦笑著，反問她：「結果是怎樣呢？」

她撐著雨傘，獨自在我前面走著，我們走到紅綠燈前，閃爍的綠燈轉成紅色。D小姐轉身看著我，然後瞇起了一雙眼睛，這是她招牌的笑。疏落的幾架汽車在她身後駛過。隨之我就記起我們拍拖時，她便很喜歡這樣笑。

「我真的不喜歡你了。」D小姐笑著說，笑得很開懷。

我們漫步走在這場雨中，雨愈下愈大，天文台在這之前完全沒有任何通知，就是這樣，雨就落下了，嘩啦嘩啦地落下，從四面八方撇向我們身上。我們逆著風，雨傘擋著這邊不是，擋著那邊也不是，我們就莫名其妙地被淋濕透了。

「如果見到一隻黑貓的話，一定要告訴牠，牠的主人在找牠！」我雙手合十，拜託了一隻路過的貓。

貓不屑看我一眼，自顧自地走著，牠走到了一個路邊的郵筒底下，等待這一場雨過去。貓連「喵」的一聲也不答我。我向牠大叫：「拜託啊！一定要幫幫忙！我可以給你貓罐頭！」

貓聽見「罐頭」後眨了一下眼，可能有看過我一眼吧，但牠悄悄然地搔搔自己的頸，舔著自己的毛，然後伏在地上，合上眼睛。雨在郵筒的四周落下，貓睡著了覺。

「我從來沒有見過你會這樣，竟然會這樣找貓。」D小姐說。

有些雨水落在我的頭上，把我的頭髮扭成一條條的，現在的我已經被雨打得很醜。

「啊？是嗎？」

「我總覺得，你以前好像一直在避開甚麼似的。好像在避開甚麼人啊，避開甚麼事，就算你正在為著甚麼而努力的時候，你也好像只是因為『不想』做甚麼，而不是你真的『很想』做到甚麼。你明白我的意思嗎？」

「我想我明白。」

這是我人生以來，第一次真真正正地追尋甚麼。「幸好你和我分手了，我也真的很沒用。」我對D小姐說。

「你還是喝那麼多酒嗎？」她問。

「沒喝那麼多了。」我說：「因為不用再回家，也不用再去人多的地方。」

「那麼煙呢？」

「也沒有再吸。」

聽我說完，D小姐竟然瞪大了眼：「啊！這樣很好啊！」

「只是以前的生活，確實不太好……雖然現在也不是很好，還有很多地方我始終一塌糊塗。」

她微笑著問：「例如感情吧？」

對於她的反應，我確實有點詫異：「我有告訴過你嗎？」

「猜得到啊。」她依舊笑著。

我問D小姐：「那麼你呢？你這年來怎樣？」

我們來到一個只有一棵樹的公園。風愈來愈急，雨幕跟著急風狂擺，就算我們躲到樹下面了，那些聚在葉尖的水滴，以及在樹隙之間落下的雨，它們都以不同的大小落在我們身上。

「我想最重要的事，還是我不見了一隻貓吧？」她告訴我這年來遇到的事：「和你分手之後，我的貓也跟著不見了，好像無論怎樣去找，都找不到牠，不知道應該怎樣去找，不知道應該去找甚麼，會有這種感覺。」

這一場雨，好像已經下了很久。

「無論我怎樣催逼自己——要起牀找貓了！要寫尋貓啟事！要出去走走！可是中間這段日子，每一天都很痛苦，甚麼都做不出來。結果找到我甚麼都不想再找了，只能每天躺在牀上面哭，一邊想念著和自己失散的貓，哭也哭到沒有力氣。結果突然之間，我幾乎甚麼也沒有做，只是隨著時間過去而已，然後『嗖——』的一聲，貓就回來了，所有事情就回歸原狀似的。」

這一場雨，除了把我們弄得渾身濕透，便幾乎甚麼都沒有留下。我們都無法從這場雨中得到甚麼，就只有兩個被雨淋濕過的人而已。

D小姐問我：「所以現在，我的生活應該算是不錯？」

「這便好了。」我說。

我竟然覺得鬆一口氣，原因是甚麼，我也不肯定。這種類似罪疚的自我懲罰，到底它出生於甚麼地方，到底它在甚麼時候才會完呢？每當有人對我很好，我都忽然會有這種感覺，好像有無限句「對不起」，怎樣說也說不完。

「那時的事，我一直都很自責。」我坦白說。為甚麼那個下雨的夜晚，我會對D小姐坦白呢？這就好像為甚麼D小姐會陪我找貓一樣，我全部都不知道。「好像甚麼原因都有，有家人的、工作的、朋友的、愛情的。總之會有一種『我無法給人幸福』的感覺，很奇怪吧？」

「是很奇怪，但你本身就很奇怪啊，所以又不是那麼奇怪了。」D小姐笑著說。

「我好像害你白白淋了一場雨。」

「只是一場雨，而且也沒辦法了，已經淋著。」

在我們背後的大樹上面，忽然傳來貓的叫聲，我們轉身看著樹上的貓。貓是黑色的，牠金黃色的眼睛瞪得很大，W型的嘴巴猙獰地笑，像在俯瞰我們似的。牠一直擺著尾巴，盯著我們。所以接下來的問題是：我這一生人曾經做錯過的事，我要把它延續到甚麼時候呢？

「喵——」貓說。

「雖然以前的事，很難令人不討厭你。」D小姐拋開她的雨傘，傘子在水窪上一彈、一彈的……她轉身對著黑貓，踮起腳，張開了雙手：「但是，如果你可以好好地過的話，我還是會想你好好地過下去的。」

我仰起頭，看著貓，公園四周全是用玻璃幕牆砌成的高樓，這裡好像是一個城市裡面凹陷下去的地方。我在這裡只能看見一小片正方形的天空，以及向我灑來的雨花，貓的叫聲把我們視線引向樹椏之間，牠金黃色的眼睛上。

「牠是你的貓？」D小姐問。

「牠是我的貓！」

不知道這是意外，抑或是貓故意爬到樹上，所幸的是樹不太高，貓距離我們只有一米。我和D小姐兩個人在樹下跳著，想把黑貓吸引下來，可是貓不理我們，牠只是「喵——」地叫著，然後不屑地看著樹下面的兩個白癡。

「貓貓啊貓貓——你很可憐，這個男人連名字也不給你。」D小姐向貓輕力拍手，吸引貓的注意：「你不要跟他了，跟我生活吧！」

「不是啊！你才不要聽她說！」我馬上擋在D小姐的面前，連忙向貓解釋：「我才是你的主人，全部罐頭都是我買的！」

「我們比賽啊！」D小姐提議道：「我們一起看看，貓會跳到誰的身上。」

我不知道應該怎樣向貓證明，告訴牠應該跳在自己身上，而不是D小姐的身上。到底對貓而言，在我身上還有些甚麼，是我比D小姐更好的呢？無論我怎樣想，都想不出來。

「他買你多少罐頭？我給你買兩倍！」D小姐對貓大叫。

兩倍？！貓聽見兩倍的時候，整個身體定住了，瞪大眼睛看著D小姐。牠微微壓下了重心，準備跳到她的身上。D小姐眼尾看一看我，向著我奸險地笑。

我叫住黑貓：「我家裡還有很多玩具給你玩！」

當我說到玩具，貓又停住，牠轉而一臉疑惑地看著我。「玩具？」牠的表情好像在這樣問。但我還可以買多少玩具呢？

「玩具也是兩倍！」D小姐大叫。

她張開一雙手，雨也落在她的身上，但她開懷地對著貓笑，貓提起了一隻手，她就向後預備，等到貓在樹上再坐下來了，她又跟了上去。「貓啊貓！你小心一點！」好像即使是我和她一起的時候，她也不曾這樣開心地笑。貓猶豫了，牠想跳向D小姐的身上。

「如果我想給貓一個名字，你覺得應該叫牠甚麼好？」我問D小姐。

風吹過樹上的葉，葉窸窸窣窣地響，D小姐好像聽不見我的說話，於是我又重複了遍：「到底我應該叫貓甚麼名字呢？」黑貓眨一眨眼，詫異地瞪大了眼。

「因為，我好像沒有甚麼可以再給貓了。」我認真地對D小姐說。

聽我說完，她便愣著，定住了對貓舉高的雙手。從樹上滴落的雨點，打在她的臉上，她的頭髮也被雨水扭成一條條的，我也是一樣，我們都被雨水打得很醜。

「我無法給牠甚麼幸福。」我向D小姐承認：「我買貓罐頭的時候，其實是選擇最便宜的那種……玩具的話，我也買不到很貴的東西。我沒有很多錢，家裡也很小。」

「嗯。」D小姐垂下了手：「但是我想，貓應該不介意的。」

「我經常都很疑惑，像我這樣的人，憑甚麼養貓？」

就算是我們沒有再見的一年之後，我的生活也沒有變得很好，我沒有康復，而且偶爾還會復發，雖然沒有那麼嚴重了，現在也不太經常有想死的感覺，但我還是會背離人群，自己一個躲藏起來。

「但我真的很想給貓改個名字。」我告訴她。

「那麼，你想牠是一隻怎樣的貓呢？」

黑貓的話，我希望牠往後都健康，要喝足夠的水、吃足夠的罐頭、拉健康的屎，我想牠往後都可以快樂地和我玩，可以很快地熟睡，當然更好的話，就是不要再搗蛋，以及不要抓壞我的家具。

我說：「不如就叫平安吧？」

「這個名字很老套！」D小姐罵我。

黑貓對我打了一個呵欠：「喵——」我在樹下舉高了手，我叫牠做：「平安！」

D小姐聽到我叫一隻貓做平安，便忍不住笑：「甚麼平安！真的有人會這樣叫貓嗎？」

「平安！下來啊！我們一起回家！」我向平安大叫。

我一直都想給牠一個老套的名字，好像愈老套愈好似的，我怕我在這個年代給牠改了一個名字，一旦到了下個年代，我就會不喜歡牠。

「你變了很多。」

平安微微蹲下，然後蹬直了腿，向著我身上一跳。牠的四肢都張開來，連牠的爪也用力撐開，牠撲到我的眼前，眼睛還映射著路燈的光芒，很像一隻飛鼠。我接著牠後，向後跌了一跤，坐到了一個泥窪上，一屁股都是泥巴。D小姐連忙跑了過來。我把平安舉到半空，一直仰視著牠，牠作勢向我抓來似的，「混蛋！混蛋！」我看著牠的表情，總覺得牠是這樣叫著的。

「你以後要好好照顧平安。」D小姐走了過來，摸著平安的頭：「不要再讓牠走失了！」

我對D小姐說：「謝謝你陪我找貓。」平安好像很不捨得D小姐似的，抓住了D小姐的袖子，但到最後，還是放開。D小姐覺得平安很可愛，於是又摸了摸牠。

「那麼，我要走了喔——」D小姐向我揮揮手，然後拾起地上的雨傘，離開這個公園。「你要好好和平安相處！」最後，D小姐是這樣說的。

「如果不是你，我可能不會找到牠。」

隔天早上，我便被陽光曬醒。

昨夜的雨已經停了。平安一直在我旁邊躺著，而且像人類仰卧似的，尾巴在他兩腿之間拉出了一條直線。牠睡得很醜，近乎不省貓事，我摸了牠的頭，打了一個呵欠，伸個懶腰，接著便起了牀。

起牀之後我煮了早餐，煎蛋的聲音在平底鑊上「滋滋」地響，我用電話播了一首歌。因為我生活的地方已經沒有其他人，所以我在等待雞蛋煎熟時，在客廳跳了一隻舞，直到有點燶味傳來我才記得——啊，我在煎蛋。

麵包我喜歡搽牛油，有時會夾一片午餐肉，我一面坐在牀上吃早餐，一面哼著自己喜歡的歌（節拍掉了，音也不準）。我從遠處看著自己的書櫃，書櫃上面有我一直想看的書，看了一會，我就決定那天上午要看搞笑漫畫。

平安還在睡覺，牠兩隻手放在肚子上面交疊著，如此平和安詳的睡容，令我擔心牠真的死了，於是把手放在牠的鼻前，呼——幸好還有鼻息。有一瞬間牠張開了眼睛看我，但牠看完我後，還是繼續睡。

我拿起漫畫，坐在牀上面看，漫畫沒有特別想帶出的意思，只有好笑而已，是看完就算的一類。看到悶了，我便把半醒的平安抱到手上，把書的內容逐隻字、逐隻字地讀給牠聽：「**轟轟轟轟轟！**」平安打了一個呵欠，覺得我很白癡，然後一跳便落到地上，慢慢地走去喝水。

於是當那個早上的陽光照在喝水的貓的身上時，我忽然覺得：以前的事，不如算吧？

尋死之前，我想聽見貓的叫聲

作者　羊格
編輯　東、Minami、Tanlui
校對　Akina、Sonia Leung
美術總監　Rogerger Ng
書籍設計　Puilok

出版　白卷出版社
黑紙有限公司
新界葵涌大圓街 11-13 號同珍工業大廈 B 座 1 樓 5 室
網址　www.whitepaper.com.hk
電郵　email@whitepaper.com.hk
發行　泛華發行代理有限公司
電郵　gccd@singtaonewscorp.com
承印　栢加工作室
版次　2021 年 7 月　初版
2021 年 11 月　第二版

ISBN　978-988-74870-1-2